第一章　舞踏会の夜

第二章 逃亡

第三章　再会

第四話 城の仲間

第五章 真実の姿

第六章 森の戦闘

第七章 二人の魔女

第八章　王女の死

レティーシュ・ナイツ

～翡翠《ひすい》の王女～

榎木洋子

小学館ルルル文庫

エレンティーナ・マグノア・シュア・サン・グランドリュン
［エレン王女］

グランドリュン国の王女。十年前の皇太子毒殺事件により両親は他界。現在の肉親は前王妃で祖母のマグレイアのみ。王家の証《あかし》である銀髪を持つ。

レティーシュ・チェインバース
［レティ］

グランドリュン王家に仕《つか》える名門伯爵《はくしゃく》家の末娘。騎士の家系に生まれたため一通りの武術は教えられているが、どうもセンス不足気味。剣の稽古《けいこ》に励《はげ》むかたわら、王女の話し相手も務める。

ジェスト・チェインバース
騎士にしては少々乱暴な言動のチェインバース家四男。十年前に病死した三男ファイラスとは双子。歳《とし》が近いせいかレティとはわりと対等の関係。
ダグラス・チェインバース
実直な性格で穏《おだ》やかな物腰ながら、いざという時には頼りになるチェインバース家長男。騎士としての務めに忙しく、なかなか家に戻ることができない。
アルフリート・チェインバース
華やかな容姿で女たらしとも言われる伊達男。騎士としては過剰すぎるほど社交的だが、それを活かした情報収集も得意分野。チェインバース家次男。
人物紹介

Lethiesh Knights

～ A princess of the jade ～

CONTENTS

レティーシュ・ナイツ

～翡翠《ひすい》の王女～

イラスト／結賀さとる

——どうして……どうしてこんな事になっちゃったんだろう？

レティはエレン王女に手を引かれながら全力で走っていた。

「しっかりレティ！　出口はもうすぐだから」

エレン王女が力強い声で励《はげ》ます。本来なら逆の役割のはずなのに。

……ううん、違う。この人はエレン王女ではなくてほんとうは……。

先ほど聞かされた真実に、レティの頭の中は大きく混乱していた。

うしろの方からドーンと鈍《にぶ》い音が聞こえた。

攻め込んできた敵が城を壊す音だ。

ほんの一日前にはお城は華《はな》やかな光に包まれ、隣国《りんごく》カナルディアの王子を招いての舞踏会《ぶとうかい》が繰り広げられていたというのに。

でも。

すべての始まりも、あの日からだったのかもしれない。

あの日。

あのふたりに会ってから————。

＊　　＊

第一章　舞踏会《ぶとうかい》の夜

舞踏会の行われる早朝。

レティは城の中庭で真っ赤に熟したイチゴを摘《つ》んでいた。

服装はいつもと同じで、騎士見習いの少年に似た上半身と、足に絡《から》んで転んだりしない丈《たけ》の短いスカートだった。

この中庭は城の最も奥まった場所にあり、エレン王女の寝室から直接ようすを見ることもできた。

幼い頃病弱だった王女が窓から慰《なぐさ》めを得られるようにと造られたものだ。一年中花の絶えないよう配慮《はいりょ》され、そのため人々からは「王女の庭」と呼ばれていた。

そのエレン王女もいまではずいぶん元気になり、天気のよい昼下がりにはレティとともにこの庭を散策《さんさく》する姿がしばしば目撃された。

エレン王女の髪は王家の者だけが許された月光のような銀色で、夏の陽射《ひざ》しを照り返す水面《みなも》のようにきらきらと輝いていた。

レティはエレン王女が銀の髪を優雅になびかせて緑の庭の中を歩く姿が大好きだった。王女は優雅で可愛《かわい》らしく、どこのだれが見てもため息をついてしまう美しさだ。それにひきかえ……。

レティはイチゴを摘む手を休め、自分の髪をつまんで嘆《なげ》いた。

「あーあ、せめてダグラス兄様のように神秘的な黒だったらいいのに」

ありきたりな焦《こ》げ茶色《ちゃいろ》のうえよく跳ねる髪は少しも好きではなかった。

「アルフリート兄様の蜂蜜《はちみつ》みたいな金髪が一番だけど、それは高望みだものね。どうせ茶色ならジェスト兄様みたいに軽《かろ》やかな若鹿の夏毛のような栗色がよかったなあ」

レティはそれぞれに容姿端麗《ようしたんれい》でデキのよい三人の兄たちを思い、むーっと唇を尖《とが》らせた。

実を言えばレティにはこの他にもうひとり兄がいる。ジェストと双子で生まれたファイラスだ。しかし不運なことに幼くして病死してしまいレティは肖像画でしか知らない。

レティの家は代々グランドリュン王家に仕《つか》える騎士の名門チェインバース家だ。昔から武《ぶ》勇《ゆう》に優れた家系で、国の将軍などの要職に就《つ》く人物をたびたび輩出《はいしゅつ》している。

女に生まれたレティもチェインバースの一員として一通りの武術を教えられてきた。

――というのに、なにをしても、いま三つパッとしなかった。トロイのだ。兄たちに比べてセンスがなさすぎるのだ。

レティ本人としてはそこを努力で埋《う》めたいところなのだが、決められた以上の稽古《けいこ》をしようとすると、必ず兄たちが止めた。言葉で、あるいは甘いお菓子で釣って。

どうやらかれらはチェインバースの生まれといえど、妹には普通の貴婦人として育ってほしいようだった。

兄たちの気遣《きづか》いは嬉《うれ》しいのだが、ようするに甘やかしているのだ。

「そういうの困るのに。そりゃあ兄様たちのように容姿端麗《ようしたんれい》だったら、わたしだって色々夢見るけど。髪は硬いまだらな焦《こ》げ茶《ちゃ》だし、鼻は低いし唇は薄いし、眉毛《まゆげ》も揃《そろ》ってないし。目の色も平凡な茶色だし。……あーもう、女のわたしが一番平凡ってどういうことかな」

レティはえいっとばかりにイチゴを摘《つ》み取った。

「あっ」

力を入れすぎたせいで手の中でイチゴがつぶれて、顔に汁が飛ぶ。

「んもう、ヤになっちゃう。顔にこんなの付けてたら、つまみ食いしたのねってエレン王女に笑われるわ」

ぼやきながらハンカチを捜して身体《からだ》をひねっていると、頭上でクスリと笑う声がした。

「だれ!?」

咄嗟《とっさ》に腰の剣に手をかける。このあたりの動作は伊達《だて》に剣の稽古《けいこ》を受けていないとうかがわせる。

「しまった、見つかった。ここでもう少しきみの面白い独り言聞いてるつもりだったんだけどなあ」

レティのすぐ横の樹の上の枝で寝そべるようにしてこちらを見おろす少年がいた。いまも笑いがおさまらないのかクスクスと肩を震わせている。

レティはカッと顔を赤くした。

「そんなところで何してるの、降りてらっしゃい。ここにはだれも入っちゃいけないのよ」

レティが抗議する。逆光《ぎゃっこう》と濃い葉陰《はかげ》のせいで顔はよく分からないが、見知った相手でないのは確かだ。

「王女の庭だから？」

「そうよ。知ってるなら早く出て行きなさい」

「嫌だね。と、言いたいとこだけど……」

少年は枝の上で身体を起こすと、ひょいっと身軽にレティの隣に飛び降りてきた。

「見つかっちゃったら仕方ないか」

悪びれないようすの相手をレティはジロリと睨《にら》んだ。

「あなただれ、何していたの？　城の人じゃないわよね」

「この服見て分からない？　そういうきみこそだれなのさ」

ただでさえ独り言を聞かれてむかっ腹《ぱら》を立てていたレティは、相手の高飛車《たかびしゃ》な態度にますます腹を立てた。しかし、よくよく相手を見るとずいぶんと身なりのいいことに気付いた。

羽織《はお》っているマントは極上《ごくじょう》のビロードのものだし、下のシャツは紛《まぎ》れもないシルクだ。ここではっと思いついた。この少年は、ひょっとしたら昨夜遅くに着いた大切な客人のひとりかもしれない。

実は昨晩遅くに、王女の婚約者である隣国《りんごく》カナルディアの王子一行が城に到着していたのだ。

今宵《こよい》は歓迎の舞踏会《ぶとうかい》が催《もよお》されるため、城の厨房《ちゅうぼう》は早朝からその料理にかかりきりだ。それを邪魔《じゃま》しないようにと配慮《はいりょ》した王女から、レティは昨日のうちにイチゴ摘《つ》みを頼まれていたのだ。軽くつまめるおやつにしようと。ちなみに、この庭の中へもパンを焼く香ばしい匂《にお》いが漂《ただよ》ってきており、朝ご飯を済ませたはずのレティもパンをねだりに行きたくなった。

ともあれこの少年が客のひとりだとしたらあまり無礼を働いてもいけないと思い、レティは渋々《しぶしぶ》と名乗った。

「わたしは……レティ。レティーシュ・チェインバースよ」

「ああ、グランドリュン王家に仕《つか》える騎士の名門チェインバースか。女だてらに騎士見習いみたいな格好《かっこう》していると思ったら、そういうワケか。だったら僕にお辞儀《じぎ》のひとつでもしといて損はないよ」

やっぱりお客だ。でも………。

レティは相手の予想に反してつんとあごを上げた。

「あなたの名前も知らないのに。下げる頭はないわよ」

「知らないの。やんごとなき身分のものは早々《そうそう》に名を明かしたりしちゃいけない――」

少年の声は途中で止まった。レティがいつの間にか短剣を抜いて手にしていたからだ。

「ここはグランドリュン国の王女の庭よ。あなたが隣国《りんごく》からの客人だとしても、許可なき者は立ち入りを許されません。出て行きなさい」

「問題になるよ。しまえって」

「あなたがほんとうに頭を下げる身分の人なら、後でいくらでもお詫《わ》びするわよ」

一歩も引かぬ構えのレティにとうとう相手も降参《こうさん》した。

「わかったよ。ここの窓から王女の姿を一目見られたらと思ったんだ。昨日の夜中に到着して、まだ会えてなかったからね」

「やっぱり昨夜ついた王子の一行のひとりなのね。王女には今夜の舞踏会《ぶとうかい》で会えるわよ」

短剣を鞘《さや》に収めてレティが答える。すると少年はやれやれと首を振った。

「一分一秒でも早く会いたい気持ちが分からないかなあ？　王女に会いにはるばる旅をして来たのにさ。僕のことまだだれか分からない？」

レティはまじまじと少年を見つめた後――ぷっと吹き出した。

「あなたまさか、自分のこと、カナルディアの王子と思わせようとしているの？　おあいにく様！　わたしはエレン王女から肖像画を見せていただいたことがあるのよ。王子は金髪に水色の眼をしておられたわ。あなたのように黒髪に紺色《こんいろ》の眼じゃない。顔立ちだって全然違うもの」

「なんだ、残念。もう少し遊べると思ったのに」

少年はしまったと片手で顔を覆《おお》い、その指の隙間《すきま》からじろじろとレティを見た。

「……きみ、王女と仲がいいんだ。ふーん。いつも一緒にいるの？」

「なによ。どうせ引き立て役とか言いたいんでしょ。いいから早く出て行って。今なら衛兵《えいへい》には言いつけないであげるから」

「あれ、へえ、庇《かば》ってくれるんだ。……僕に恋したのかな？」

「ばっ、ばっかじゃないの。あなたみたいな自意識過剰《かじょう》のうぬぼれ屋は大嫌いよ。騒ぎを起こすのが嫌なだけ。王女の庭を衛兵に踏み荒らされたくないもの」

「はいはい。そういうことにしておいてあげるよ」

「そういうこと、じゃなくて、それがほんとうなのよ」

出口へと歩きだす少年にレティは顔を赤くして言う。

「怒った顔、けっこうカワイイ」

「なっ」

「とにかく、その髪、自分で言うほど悪くないよ。銀髪なんかよりよっぽどマシだよ」

「なによ、嫌な言い方ね。王女の銀髪が悪いって言うの？」

「……髪が銀髪でなかったら……王女もおまえみたいに平和に木イチゴ摘《つ》んでいられたのにな」

その口振りが妙に気持ちのこもったものだったので、レティは思わず口を閉ざした。

その間に少年は自分のマントを脱ぐと、レティの肩にかけた。

「その格好《かっこう》じゃ、まだ寒いだろ。貸してやる」

「ちょっといいわよ。だれに返せばいいの」

「あとで。だれかにとりに来させるよ」

少年は手を振ると王女の庭から出て行った。

レティは肩からずり落ちそうになるマントを慌《あわ》てて摑《つか》んだ。そして視線を戻すと、すでに少年の姿は消えていた。

「そりゃあ温かいけど……」

レティは結局かれが名前を名乗っていかなかったことに気付いた。

「名前も分かんないのに、だれに返せっていうのよ、もう……」

唇をぷっと尖《とが》らせた後、レティは肩をすくめて気を取り直し、再びイチゴ摘みに戻った。

空はきれいに晴れており、風も優しい。

城のあちこちでは今宵《こよい》の舞踏会《ぶとうかい》のために、侍女《じじょ》たちが走り回って最後の掃除《そうじ》をしたり飾り付けをしたりしている。風はときおり厨房《ちゅうぼう》からの匂《にお》いも運んでくる。

レティはヒクヒクと鼻を動かし、焼きたての香《こう》ばしいパンの香りや、甘いエッセンスの香りを楽しんだ。

小さなカゴにイチゴがほどほどにたまった頃、王女の庭に再び訪問者があった。

「失礼、どなたか中にいらっしゃるかな?」

張りのある若い男の声がした。

「ええ、王女の庭を守護《しゅご》する者がおります」

レティはまた侵入者かと硬い声で答えたが、頭を仰《の》け反《ぞ》らせて木イチゴの花壇《かだんご》越しに見てみると、今度の相手は礼儀正しく入口で立ち止まっていた。さっきの少年のように身なりのよい人物で、レティよりも少し年上に見えた。

かれはレティを見ると驚いた顔をして一歩庭へ進み、それに気付いてまた一歩下がった。どうやらこの庭のなんたるかを知っているらしい。レティはさっきより愛想《あいそ》良くしようと決め、こちらから声をかけた。

「どんなご用でしょうか。どうぞ仰《おつしや》ってください」

相手はその場から動かずに答えた。

「初めてお会いしたご婦人に不躾《ぶしつけ》なことを申しますが……あなたが肩にかけているマントはどうやって手に入れましたか。と申しますのは、世話係が昨晩無くした私のマントにとても良く似ているもので。襟《えり》の裏に縫《ぬ》い取りがありませんか。銀のヒイラギと金の蹄鉄《ていてつ》が二つ」

「えっ。このマント……えぇっ⁉」

レティは慌《あわ》ててマントを脱いだ。ひっくり返した襟《えり》の裏にかれの言うとおりの印を見つけたのだ。

「あの、これ、さっきここへ来た、わたしくらいの男の子が着ていて……それでわたしに貸してくれたというか、でもこれはあなたの物で……。やだ、その子の物だと思ってわたし……」

あたふたと言い訳しながらレティは脱いだマントを畳《たた》むと入口に走った。近づくにつれ相手の顔がよく見えてくる。髪は濃い蜂蜜《はちみつ》色で、瞳は穏やかな湖のようなブルーで……。

レティははっと息を呑《の》んだ。その顔を見たことがあった。

前にエレン王女が見せてくれた隣国《りんごく》カナルディアの王子の肖像画にそっくりの人物だった。同時に思い出す。ヒイラギと蹄鉄《ていてつ》はカナルディア王子の紋章《もんしょう》でもある。

「やだ、うそ！　きゃっ」

驚いた拍子《ひょうし》にレティは足をもつれさせて――――。

自分の足につまずいて転んだ。

それでもマントを守ろうと必死に頭上に掲《かか》げた。おかげで頭から地面に突っ込む。

「大丈夫ですかっ⁉」

「ひ、ひにゃ……い」

思わず駆けよってきた相手に起こされ、レティは地面に座った。幸いなことに転んだのは砂利《じゃり》の小道ではなく柔らかな芝生《しばふ》の上だったので、どこか切ることもなく、鼻とおでこをぶつけるだけで済んだ。それでもレティにしてみれば大ショックだったが。

「どうぞ、使って」

差し出されたハンカチにレティは涙目のままふるふると首を横に振る。

「でも顔にも泥が……。もしや私を警戒していますか？　安心してください。怪しいものではありません」

「それは知ってまふぅ」

痛む鼻を押さえながらレティが答える。

「レスター・ロシュ様ですよね。エレン王女の婚約者であられる、カナルディアの世継《よつ》ぎの王子」

「……ええたしかに。私を知っているあなたは？」

小首を傾《かし》げる相手に、今度はレティも素直に名乗った。

「わたし、レティーシュ・チェインバースと申します」

とたんにカナルディアの王子レスター・ロシュは声を上げて笑った。

「やはり！　そうだと思いました。……本当にエレン王女のお手紙のとおりの方だ」

「えっ。……わたしのことをご存じなんですか？」

「もちろんですよ。エレン王女はいつも手紙にあなたのことを書いていらっしゃいますから。この庭に栗色の髪のあなたを見たときから、そうではないかと思っていました。元気だけどよく何もないところで転んだり——つまり、とても親しい大切な友人だとね」

レスター・ロシュ王子はレティの顔つきから素速《すばや》く言葉を変えて、彼女が抗議をする間もなく手を貸して立ち上がらせた。

「どこも痛めてはいませんか？」

レティはしゃんと立ってみせて、つま先立ちをしてみたり腕を曲げ伸ばしして、一番痛むのはおでこと鼻だと判断した。

「大丈夫みたいです。みっともないところをお見せしました。どうぞ、マントをお返しします。知らずにお借りしてしまって申しわけありませんでした」

ところがレスター・ロシュ王子はマントを受けとるとまたレティの肩にかけた。

「謝《あやま》る必要はありませんよ。私の供のだれかが悪ふざけをしたんでしょうから。それに、このマントは今は私よりもあなたのお役に立ちそうだ。汚れた服をうまく隠してくれます」

言われて自分の身体《からだ》を見おろすと、芝生《しばふ》に倒れたとはいえレティの服のあちこちに泥やら草やらがついて染《し》みになっている。

「でも……」

レティが辞退しようとしたとき、庭の外からレスター・ロシュ王子を呼ぶ声が聞こえた。

「殿下。レスター・ロシュ様。どちらですか――」

「私を追いかけてきたらしい。あの慌《あわ》てた声が私の世話係です。行って安心させてやらなくては、マントは現在とあるご婦人を寒さから守っていると。では今宵《こよい》またお会いいたしましょう。これはあなたが必要でなくなったときにお返しください」

親しげに微笑《ほほえ》むとレスター・ロシュはレティに引き留《と》める間を与えずに早足で歩き去った。

ひとり残されたレティは、やれやれとため息をついた。

「今日はどうやら、無理矢理マントを貸し付けられる日みたいね」

とはいえ、カナルディアの王子自らの手で肩にかけてもらったのはなかなか悪くない。エレン王女にはぜひ詳細《しょうさい》を語って親切な方だったと報告しよう。

レティは木イチゴのカゴを取りに戻り、庭の他の花のようすを確かめて歩いた。どの花がもうすぐ咲きそうだとかを王女に教えるためだ。

「レティ、いるのか？」

またもや入口で声がした。

レティは相手を見るとぱっと笑顔になって駆けだした。

「ダグラス兄様！」

今度やってきたのはレティの兄でチェインバース家の長男のダグラスだった。

「どうしてこちらへ？　いまは領地の視察のお仕事が忙しい時期でしょう？」

「そうだが、おまえの顔を三日も見ていなかったからな。それに今夜の舞踏会《ぶとうかい》へ出席するようにと王女から呼ばれた」

ダグラスはレティの頭をいつものように気軽に撫《な》でた。そのとたんレティが「痛い」と声を上げる。

「どうした」

「な、なんでもないの」

おでこを隠すレティの手を無理に摑《つか》んで引きはがすと、ダグラスは盛大にため息をついた。

レティのおでこにはたんこぶができていたのだ。

「王女が心配していたとおりだな。イチゴを摘《つ》みに行ったままなかなか帰ってこない。また何もないところで転んで泣きべそをかいてるんじゃないかと、ちょうど訪ねていった私を捜しによこされたんだ」

「違いますう。……転んだけど、それはちょっとアクシデントがあって」

「やっぱり転んだのか……」

「うー」

ダグラスは膨《ふく》れるレティの肩を抱くと、有無《うむ》を言わせぬ力で出口へ向かった。

「まったく、早く冷やさないとますます腫《は》れるぞ。今晩は舞踏会もあるのに」

「おでこが腫れてみっともないから、出たくありません」

「いまから冷やせばいいだろう。舞踏会が苦手だからと口実《こうじつ》につかうな」

「でも……ああいうの慣れないし……」

「サボるから慣れないんだろう。今夜はカナルディアの王子にもお会いできるぞ」

「あら、王子にはもうお会いしました」

得意そうに言うレティにダグラスはピタリと足を止めた。

「会った？」

「そうよ。ここにお立ち寄りになりましたもん」

レティはマントの襟《えり》を見せて、王子と会ったときの話をした。

「それはそれは……。で、どうだった？」

「どうって？　無礼はしてないわよ」

「いやいや、印象は？　王子は好ましい人物だったか？」

「姫の相手には相応《ふさわ》しいかも。金髪で青い眼で、綺麗《きれい》な顔立ちに、上品な物腰でした。でも……」

レティはあることを思い出して唇を尖《とが》らせた。

「なんだ？」

「わたしのこと、エレン王女の手紙のとおりだって笑ったのよ。元気だけど、何もないところで転ぶって。ひどいわ。エレン王女もそんなこと手紙に書くなんて、あんまりと思わない？」

ダグラスはレティに同情するどころか声を上げて笑った。

「もう、ダグラス兄様まで、ひどい！」

「悪かった悪かった。いやだが……仕方ない。王女は嘘《うそ》をおつきではない。ほんとうのことを書かれている」

レティは、それがひどいんじゃないのと、ぷーっと頬《ほお》を膨《ふく》らませた。

兄とふたりでエレン王女の部屋へ着くと、姫は朝の簡素なドレス姿でふたりを出迎えた。色白の可憐《かれん》な顔立ちの中で神秘的な緑の瞳が嬉《うれ》しそうに微笑《ほほえ》む。

その美しい銀の髪にバラが飾られているのをレティは見つけた。朝焼けの空のような淡いピンク色の大輪《たいりん》のバラだ。

「やっと戻ってきたのねレティ。ありがとうダグラス」

「わあ、キレイなバラですね、エレン様」

「レスター・ロシュ殿下からの贈り物よ。お国の温室で大事に育てている早咲きのバラですって。見事ね。今晩あなたの髪にも挿《さ》してあげる」

レティは慌《あわ》てて手を振った。

「そんな、いりません。わたしの髪は茶色だし、エレン様の髪のようには似合いません。第一エレン様に贈った花ですよ。私がつけたらレスター・ロシュ王子がお気を悪くされます」

エレン王女はにっこりと微笑んだ。

「だいじょうぶ。そんなことありえないわ。だって今日あなたは舞踏会用《ぶとうかい》のドレスを着るんだもの。着飾って素敵な貴婦人になるのよ。当然髪には花を飾らなくてはね。美しい姿の貴婦人の髪に自分の贈ったバラが飾られてるのを見たら、レスター・ロシュ殿下もきっとお喜びになるわよ。贈り物は有効に使われているって」

「えっ、ちょっと待ってください。ド、ドレス？　舞踏会用の？」

「そうよ。ドレス。舞踏会用の」

　慌てるレティをよそにエレン王女は歌うように言った。

「だからあなたのお兄様たちのような剣を持った勇ましい格好《かっこう》は今日はもうおしまい。さあアルフリート、レティのドレスを見せてあげて」

「はい、エレン王女」

　衝立《ついたて》のうしろから現れたのは次兄のアルフリートだった。蜂蜜《はちみつ》色の豪華な金髪にスミレ色の瞳を持ったこの伊達男《だておとこ》は、王女に呼ばれるまでわざわざ衝立の陰に隠れていたのだ。

　その手には白と瑠璃色《るりいろ》のシルクとジョーゼットとレェスをふんだんに使った可憐《かれん》なドレスが掲《かか》げられていた。

　しかしレティは凍《こお》りついていた。

　ドレスはきれいだ。見るのは大好きだ。でも……。

　そのドレスはすばらしく裾《すそ》が長い。確実に足にまとわりつく丈《たけ》だ。靴《くつ》だってきっとそれ用に細いヒールの物が用意されているに違いない。絶対に歩きにくいし、裾《すそ》を踏むし、つまりいつも以上につまずく可能性があって……。

「どうしたレティ。私の選んだドレスに文句でも？」

アルフリートが驚いたように言う。お洒落《しゃれ》なアルフリート兄の目に間違いはない。ドレスの色はレティの肌の色に一番よく合う色だ。

「ドレスはステキなんだけど……」

「まあ、気に入ってくれたのね。よかった！　さ、支度《したく》をしましょう」

レティに最後まで言わせずにエレン王女はパンと手を打った。それを合図《あいず》にダグラスとアルフリート（ドレスは侍女《じじょ》に手早く預けた）が滑《すべ》るように近づいてきた。

「えっ、なに、なになに？」

ふたりの兄に両脇《りょうわき》をガッチリと摑《つか》まれ、レティは慌《あわ》てた。

「すまんなレティ」

「私はレティの騎士見習いの格好《かっこう》もかわいいと思っているよ。子鹿のように跳《は》ね回っている姿は大好きだ。でも……エレン王女のお言いつけだからね」

口から出る言葉とは裏腹《うらはら》に、ふたりの兄たちの目は楽しげに輝いていた。

「さあ、こちらよレティ」

エレン王女が同じような笑みを浮かべて隣室《りんしつ》の扉を開ける。

そこには王女の侍女軍団が、それぞれ身だしなみを調《ととの》える道具を持って、にこやかに待ち構えていた。

＊　　＊

「そんなにぷーっと頬《ほお》を膨《ふく》らませていてはだめよ、レティ」

「そうだそうだ。膨らんだまま戻らなくなるぞ。おたふく風邪《かぜ》の時みたいに」

「ジェスト兄さん、うるさい」

「わあ、うるさいって言われてしまいました、エレン姫」

チェインバース家の三男ジェストはエレン王女にうなだれてみせる。しなやかな栗色の毛が揺れているが、もちろんお芝居《しばい》だ。元気な跳ね馬のようなジェストは、これしきのことで落ち込む柔《やわ》な神経の持ち主ではない。

「かわいそうにジェスト、せっかくダグラスの代わりにエスコートに来たのにね」

「どうせならアルフリート兄様のほーがよかったもん」

レティは頬を膨らませるのを止《や》めて、今度は唇を尖《とが》らせる。すでに王女の侍女たちの手でドレスを着せられ顔に化粧《けしょう》を施《ほどこ》され、髪もきれいに整えられている。髪にはもちろん例のバラも飾られている。

「レティ。難癖《なんくせ》つけてもダメよ。今日の舞踏会《ぶとうかい》には一緒に出てもらいます」

「そうそう。そんなにキレイになったんだから、完成したところをダグラス兄さんにも見てもらえよ。できあがるまでいられなかったんだろ？」

多忙《たぼう》の長兄はレティをエレン王女の身だしなみ部隊に預けると、その後すぐによそへ行ってしまったのだ。アルフリートもどこぞの貴婦人をエスコートするために行ってしまった。

アルフリートはともかく、レティは滅多《めった》に会えない長兄の名を出されると弱い。

唇を尖《とが》らせたまま、とうとう、うんと頷《うなず》いた。

「ほんとに転ぶから、しっかり手を握っててね」

レティの頼みに、ジェストはまかせとけと笑った。


空が茜色《あかねいろ》に染まる頃、招待客が次々と馬車で城の前へ乗りつけてきた。

城の大広間は、この日のために何日も前から準備され華《はな》やかに飾り付けられていた。銀の食器も一点の曇《くも》りもない。テーブルや壁のあちこちにバラのコサージュが飾られている。

レティはそういう飾りを見るのは好きだったし、ほんとうをいえば着ている絹のドレスの手触りだって大好きだ。けれどせっかく舞踏会の広間に来ても、レティはじっと壁際《かべぎわ》に座っていた。エスコート役のジェストがいなくなると怖くて動けなくなるのだ。裾《すそ》を踏んで転んでしまいそうで。

「はい、おまたせ。ジュースで薄めたワイン、もらってきてやったぜ。喉《のど》が渇《かわ》いてるだろ？」

「ありがとう。踊らなくていいの？」

「俺が行ったらおまえひとりきりになるじゃん。王女もまだいらしてないし」

王女はまだ登場していない。身体《からだ》も弱く、舞踏会の喧噪《けんそう》にそう長く耐えられない。宴《えん》もたけなわとなった頃に姿を現す予定なのだ。もちろんレスター・ロシュ王子も申し合わせて同時刻に登場の予定だ。婚約者同士の顔合わせが今回の訪問の目的なのだ。

「でも、さっきからジェストのこと見てる女の子一杯いるよ。ダンス踊りたいんじゃないかなあ」

「そう？　俺は踊りたくない。きょうはレティのエスコート役だもんな」

「踊ってきなよ」

「なんで？」

「視線が痛い」

とは言えなかった。そんなことを言えば調子に乗るに決まっている。

「あーあ、うちにもうひとり女の姉妹《きょうだい》がいたらなあ」

レティは会場のあちこちで群れて嬌声《きょうせい》を上げている貴族の娘たちを見てつぶやく。

彼女たちとは顔見知りではあるが、友達ではない。剣の稽古《けいこ》に加えてエレン王女の話し相手も務めるレティには自由な時間がほとんどない。ましてやこういった華やかな社交場が苦手ときては、女友達を求める方が無理というものだった。

「なんだよ、俺たちじゃ不服？」

「……不服ってわけじゃないけど、ドレスとかお菓子とかの話はやっぱり女同士でないと」

「はあ？　ドレスはまだしもお菓子の話なんてしてどうなるわけ？」

ジェストの答えにレティはほうらね、とため息をつく。

「エレン王女、早く来ないかしら。女同士のお話ができるのに」

「女同士って……あー、レティ、あんま王女に変な話するなよ？」

「わかってるって。どんなに仲が良くても王女様だもの。ちゃんとわきまえてます。だから歳《とし》の近い姉妹がいたらいいなって思ったの。すごく楽しいと思わない？　いっそ双子だったら……あ、ごめん」

レティはハッと口元を押さえた。

「なーに謝《あやま》ってんだよ。ファイラスのことはもう十年も前だ。気にすることじゃない」

「うん……ねえ、どんなだった？　双子の兄弟って」

「双子っていっても、俺とファイラスはそっくりって程似てなかったしな。小さい頃から髪の色も違ったし。どっちかってえとアルフリート似だったのは知ってるだろ。単に同時に生まれた兄弟って感じで。でも、大概《たいがい》一緒にいて、考えてることはお互いによく分かったなあ」

「病気で亡くなったのよね」

「ああ。そうだ。そのときはやっぱ……寂《さび》しかったよ」

ジェストが普段のかれに似合わない切なそうな顔をした。

と、そのとき扉が開いて、エレン王女がやってきた。

淡いバラ色のドレスに身を包んだ王女は、朝露《あさつゆ》を含んだ花のように美しかった。

大広間は色とりどりのドレスを着た貴婦人に埋《う》め尽くされていたが、王女の清楚《せいそ》で可憐《かれん》な美しさは、だれにも負けるものではなかった。

王女の登場に気付いた人々は静かに道を開け頭を下げていく。もちろんレティも立ちあがって頭を下げる。

エレン王女が主賓《しゅひん》の席にたどり着くと、ぴたりと計算されたタイミングでもうひとりの主賓が姿を現した。レスター・ロシュ王子だ。濃紺《のうこん》の衣装に身を包み、豊かな金髪を背中に垂らしている姿は王女と並ぶとまさに一対《いっつい》の絵のようだった。

レスター・ロシュ王子が一礼をしてうやうやしくエレン王女の手を取る。

「ダンスを一曲、お相手願えますか」

「はい。喜んで」

エレン王女がにっこりと微笑《ほほえ》む。それと同時に楽士《がくし》たちが音楽を奏《かな》で始める。すべてあらかじめ決められていたとおりの進行だが、広間の中央に滑《すべ》り出たふたりがくるくると回りながら踊り出すと、まわりからは賞賛のため息が漏《も》れた。

エレン王女の銀の髪が優雅になびき、バラ色のドレスがふんわりと広がる。ふたりはひとつもステップを間違えずにダンスを終えると、顔を合わせて微笑《ほほえ》み合い、正面の椅子《いす》に並んで座った。それを合図《あいず》に他の者たちもダンスを再開する。

「キレイだったわねえ、エレン王女。レスター・ロシュ様とほんとうにお似合い」

レティはうっとりとつぶやいた。その肩をジェストがつんつんとつつく。

「呼ばれているぞレティ。ほら、王女だ」

はっと我にかえると、エレン王女がこちらへ来るように手招きをしていた。半分ジェストに掴《つか》まりながら急いで行くと、王女はレティにひそひそと耳打ちした。

「レティ。わたくしのかわりにレスター・ロシュ殿下と踊ってちょうだい。一曲踊ったら疲れてしまって」

レティは目を丸くしてエレン王女を見た。

「わっ、わたしがですか？　無理です、王子様とダンスなんて」

「だーめーよ。あなたが踊らないと他の子にとられてしまうもの。分かるでしょう」

そう言われてレティも舞踏会場《ぶとうかいじょう》にいる貴族の娘たちの大半が、興味津々《きょうみしんしん》に王女の婚約者を見つめているのに気付いた。王女の婚約者なのにずうずうしい、などと腹立たしく思っていると、エレン王女がさっさとレスター・ロシュ王子に話しかけた。

「殿下、こちらがわたくしの一番の仲良しのレティーシュです。お手紙に書かせて頂きまし

たもの、ご存じでしょう？　二曲目のダンスはわたくしのかわりにこの子が踊りますわ」

「やっ、エレン王女、だめですってわたし……」

ひそひそ声のまま抗議したが、エレン王女の言葉は撤回《てっかい》されることはなかった。なぜならレスター・ロシュ王子はすぐさま立ちあがり、にこやかな笑顔でレティにダンスを申し込んできたからだった。

「レティはわたくしの双子の妹のようなものよ。どうか優しくしてあげてね」

エレン王女は婚約者にニコリと微笑《ほほえ》んでレティを送り出した。

（えーとえーと、落ちついて、落ちついて。右、左、左、下がって進んで、右、左……）

レティは緊張でコチコチに身体《からだ》を硬くして、口の中でブツブツと数えながら必死でステップを踏んでいた。顔は笑顔を保つどころではなく、真剣そのものだ。とにかく転ばないように相手の足を踏んだりしないようにと祈っていた。

すると、レティの頭上でクスリと笑い声がした。レスター・ロシュ王子が笑ったのだ。

（わ、笑われた――。もうダメっ）

恥ずかしさにますます身体を硬くするレティに、王子は優しく声をかけた。

「そんなに緊張をしないで。あなたが転びそうになっても、ちゃんと助けてあげるから。私を信じてください」

レティは思わず顔を上げてレスター・ロシュ王子の顔をまともに見た。今朝《けさ》と同じ笑顔の奥で王子の瞳が楽しそうにきらめいている。確かに王子のダンスのリードはとても上手《じょうず》だ。間違えそうになるたびさりげなく誘導してくれている。それが分かって、レティの身体からようやく緊張が解《と》けた。

「はい。わたしダンスはうまくなくて、緊張してしまいました。今朝はマントをありがとうございました。もうお手元には届きましたか？」

「ええ。王女の使いの者が、あなたの摘《つ》んだイチゴと一緒に持って参りました。ところで、その髪のバラは私が持ってきたものですね」

「は、はい。そうです。申しわけありません。レスター・ロシュ様が王女に贈ったものなのに——」

「謝《あやま》る必要はないよ。あなたは王女の一番の友達だ。エレン王女がバラを気に入ってくださったから、あなたにも差し上げたのだと思ってます。私もエレン王女のようにレティと呼んでもいいかな」

「はい。もちろんです」

「ありがとう。実は楽しみだったんですよ。手紙に書かれているレティに会えることが」

レスター・ロシュ王子の言葉に、レティは目を丸くしてさっと顔を赤らめた。

それをやや離れたところから見守る複数の目があった。レティの兄たち、ジェストとアルフリートだ。

エレン王女のそばに控《ひか》えながら、ふたりの目はじっとレティと王子に注がれている。

「……あいつレティと楽しそうだ」

「レスター・ロシュ殿下だ。アイツ呼ばわりは止《や》めろ、ジェスト」

「でも、王女の婚約者だろ。レティのじゃない」

ジェストが仏頂面《ぶっちょうづら》で言う。

「おまえの言うとおり。あれは姫の婚約者だ」

アルフリートは弟の髪をくしゃりと混ぜた。

＊　＊

舞踏会《ぶとうかい》は夜中を越えた頃にようやく終わりを告げた。

カナルディアのレスター・ロシュ一行は翌日の昼過ぎ、早々《はやばや》と帰途《きと》についた。

見送りを終えたエレン王女とレティは舞踏会の疲れを引きずったまま、その夜は早くに床《とこ》についた。

そして――――城が寝静まった深夜。

エレン王女の寝室と隣り合った部屋で眠っていたレティは、扉を叩く音とささやかれる声に目を覚ました。

「レティ、起きてちょうだい。レティ！」

「えっ。エレン王女？　どうしたんですか？」

寝ぼけ眼《まなこ》でベッドから起き上がると、開いた扉の隙間《すきま》から光が差し込み、そこにエレン王女ともうひとり、アルフリートの姿が見えた。

「アルフリート兄さん!?　一体どうしたの」

「すぐに着替えて、レティ。逃げる用意をして」

部屋に入ってきたエレン王女が手にしたランプをベッドのそばに置く。王女自身はすでに寝間着《ねまき》から簡素《かんそ》なドレスに着替えていた。

「逃げる？」

「敵が城に侵入した。奇襲を受けたんだ。王女を狙っている」

アルフリートの顔つきに、レティは冗談でしょうという言葉を呑《の》み込んだ。兄の顔にはいつもの余裕の笑みはなく、真剣そのものだった。

「わ、わかった」

レティはすぐにベッドの陰に入って服を着替えだした。

「エレン王女を守ればいいんでしょ。どこに逃げればいいの？　敵って一体だれ？」

「王女の庭だ。隠された通路がある。敵の正体はどうやら――」

突然、轟音《ごうおん》が響いた。床がぐらりと揺れて、窓の外に炎が立った。

「な、なにっ」

思わず立ちすくむレティをアルフリートが胸に抱き込んだ。直後に次の轟音《ごうおん》が響いて、部屋の窓が割れる。レティは悲鳴を上げた。

「やつら爆薬を使っている。くそっ。なりふり構わないってわけか」

窓の外に向かってアルフリートが毒づく。

「よく聞くんだレティ。敵は隣国《りんごく》シードランドだ。決して捕《つか》まらないように逃げて、必ず自分の命を守れ」

「えっ。お守りするのはエレン王女の命でしょ」

「そのとおりだが、違うんだ。守るのはレティ自身の命だ。なぜなら――」

アルフリートはスミレ色の瞳でレティの顔をじっと見つめた。

「なぜなら、レティ、あなたが本物のエレン王女だからだ」

レティはまじまじと兄の顔を見た。

アルフリートの言葉は少しも理解できなかった。

「なに？　なにを言っているのアルフリート兄様。こんな時に冗談なんて……」

「いいえ、ほんとうなのレティ」

アルフリートの後押《あとお》しをしたのはなんと銀の髪のエレン王女だった。

「こんな時に冗談は言わない。あなたこそが、本物のこのグランドリュン国の王女なの」

ふしぎな笑みを浮かべたまま、エレン王女はおごそかに告げた。

「いまは詳《くわ》しく説明している暇《ひま》はない。とにかく逃げるんだ」

レティは呆然《ぼうぜん》としたままアルフリートに腕を掴《つか》まれ走っていた。そのうしろをエレン王女がぴったりとついてくる。暗い廊下《ろうか》を走り抜け、用心しながら庭へと出る。

見知った王女の庭は仄《ほの》かな灯《あか》りに照らされていた。月明かりではない。城のどこかで起きた火事の炎が、薄ぼんやりと照らしているのだ。風に乗ってきな臭《くさ》い匂《にお》いが漂《ただよ》ってくる。

レティはようやく城が襲われているのだという事実を実感した。

アルフリートは王女の庭をぐいぐいと進み、一番奥の蔓《つる》に覆《おお》われた壁の前にレティを連れてきた。茂《しげ》った蔓を払いのけると、そこに古びた扉が現れる。

「いいか。この隠し通路を抜けた先にジェストが馬を連れて待っている。合流するんだ。その先はジェストが守ってくれる。ああ……レティ、こんなに突然になってしまってすまない。もっとゆっくりした形で話すつもりだった。急に王女だと言われて戸惑《とまど》う気持ちは分かる。けれどレティは私たちの希望なんだ。何があっても生き延びることを考えるんだ。頼むから」

アルフリートは一瞬レティを抱きしめると、すぐ身体《からだ》を引き離して戻ろうとした。

「待って！　アルフリート兄さんは一緒に行かないの？」

レティが兄の腕にすがりつくと、アルフリートはその頭をポンと撫《な》でて優しく腕を引き抜いた。

「城の中でダグラスが指揮《しき》を執《と》って戦っている。そっちを助けてくる」

晴れやかに笑うとアルフリートは身を翻《ひるがえ》し、城の方へと戻っていった。一歩追いかけたレティの背後で、がちゃりと扉の開く音がした。

「わたしたちはこっちよ、レティ」

エレン王女が鍵《かぎ》を開けて慣れたようすで扉の中へ入って行くところだった。

「あ、待ってくださいエレン王女……」

扉を閉めると中は真っ暗闇だった。目が慣れずに立ちすくむレティの横で、王女がなにかカチャカチャと音をさせる。待つほどもなく、やわらかなランプの光が周囲を照らした。

そこは城の地下と同じ、石とレンガでつくられた道だった。ただし先は見えない程長く続いている。

「大丈夫、一本道だから。走りながら行けばすぐよ。さあ行きましょう」

エレン王女はきっぱり言うとレティの手を摑《つか》んで走りだした。もう片方の手にはランプが掲《かか》げられている。その足取りには微塵《みじん》の迷いもなかった。

長い通路はエレン王女の言うとおり一本道だったが、ややうねってどこまでも続いているように見えた。その中をふたりで走っている。レティは走りながらもぼんやりと考えていた。

もしも自分が王女様だとしたら、一緒に走っているこの銀の髪の人はだれなのだろうか。十年間もずっと王女と信じて仕《つか》えていたのに……。

うしろの方からどーんと鈍《にぶ》い音が響いてくる。攻め込んできた敵は城をめちゃくちゃにするつもりなのだろう。あの王女の中庭も踏みにじられてしまうのだ。そう思うと自然に嗚咽《おえつ》が漏《も》れてきて、レティは泣きながら走った。すると王女は足を止めた。

「泣かないでレティ。驚いたと思うけれど」

「違う……城や庭が壊されるのが悲しくて……」

「だいじょうぶ。あなたが生きていればなにもかも必ず元どおりになるから。約束する」

「あなたはほんとうに王女じゃないの？　銀色の髪をしているのに」

「これは魔法でレティの姿を借りているの。魔法が解《と》ければ、この髪も瞳もレティのものよ」

「……ね、あなたは、だれなの」

泣きながら聞くと、エレン王女はにっこりと微笑《ほほえ》んだ。レティの大好きな微笑みだった。

「レティの味方。レティを守るためにいるの」

そう言うと、レティの額《ひたい》にちゅっとキスをした。

「詳《くわ》しいことは後で必ず話すから、いまはジェストのところへ急がないと。いいわね」

レティは分かったと頷《うなず》き、再びふたりで走りだした。

かれこれ三十分も進んだ頃、やっと通路は突き当たりに着いた。短い階段を上り、木の押し上げ戸を持ち上げる。と、すぐに向こうからも戸が引き上げられた。

「レティ！」

ジェストのほっとした顔が出口から覗《のぞ》いた。手を差し伸ばしてレティを上に引っ張り上げる。そこは粗末《そまつ》な木の床の小屋の中だった。

「待ってる間、気が気じゃなかったぞ。無事か。怪我《けが》はないか？　転ばなかったか？」

矢継《やつ》ぎ早《ばや》に聞いてくるジェストにレティは頭《かぶり》を振った。

「ううん……平気よ」

「怖かったろ、もう大丈夫だ。俺がついてるからな、レティ」

ジェストが言うと、うしろでエレン王女がエヘンと咳払《せきばら》いをした。

「そこは単数形じゃなくて複数形を使うべきじゃないかな、ジェスト」

言葉遣《ことばづか》いの変わったエレン王女は生真面目《きまじめ》な顔でレティの正面に立つと、そのまま手を取ってひざまずいた。

「レティを守るためとはいえ、長い間黙っていたことをお詫《わ》びします。僕の本当の名前はファイラス。病死と偽《いつわ》り、王女と入れ替わっていた、チェインバース家の三男にしてジェストの兄です」

第二章　逃亡

レティはまるまるふた呼吸分もの間、目を丸く見開いて、長年仕《つか》えてきていた王女を見つめた。

「エレン王女が……ファイラス？　そんな……」

レティはジェストとエレン王女を交互に見た。これもたちの悪い冗談だとふたりが言ってくれるのを待ったが、どちらもいたって真面目《まじめ》な顔をしていた。

「あなたがジェストと双子のファイラスだっていうの？」

「そうだよ。十年前、レティが五歳、僕が六歳の時に入れ替わったんだ」

言葉遣いまで変わったエレン王女――ファイラスが言う。

「だって……だって、ファイラスって……男でしょう？　男の双子って……」

ジェストを見ると、今度はすんなり頷《うなず》いた。

「ああそうだ。ファイラスは男だ。魔法なんだよ」

「森の魔女に魔法をかけてもらったことはさっき言ったよね。レティ――エレン王女の姿を借りるための魔法を森の魔女にかけてもらったんだ。こうなった以上、早急《そうきゅう》に魔法を解《と》くことになると思うけど」

ファイラスが言いそえる。だがレティは半分も聞いていなかった。

「男……エレン王女が、男の……ファイラス……」

その場にへなへなとへたり込み、レティは顔を覆《おお》った。

「……聞いてない。男なんて聞いてない、信じられない。だって、わたしずっとエレン王女を女と思ってて、一緒にいて……や、やだっ、なんなのよ。わたしが王女とか、王女がファイラスとか！　一体全体、何がどうなっちゃってるのよ、もう！」

「おい、どうしたレティ」

ジェストが慌《あわ》てて肩に手を伸ばす。それをレティはいやいやと振り払う。

「やだもう、ヤダヤダ。全部ウソ。みんなでわたしを騙《だま》してるんでしょ。わたしが本物の王女だなんて嘘《うそ》に決まってる。逃げるためにわたしが王女様のふりをすればいいだけなのにねえ、そう言ってよ！　やっぱり本物のエレン王女なんですよね？」

「レティ……」

ジェストが複雑な顔をする。しかしエレン王女の姿をしたファイラスは、レティのすがるような視線から冷たく顔を逸《そ》らした。

「ジェスト、着替えどこ？　持ってきてくれたんだろ。着替えたらすぐに出発しよう。無駄《むだ》にしている時間はないはずだよ」

優しいエレン王女の言葉遣《ことばづか》いはすっかり消えて、普通の男の子のような口の利《き》き方《かた》になっている。

「確かに、無駄な時間はないな」

ジェストは運んできた荷物から分厚《ぶあつ》い包みを取り出して放り投げた。

器用に受けとめたファイラスはさっさとドレスを脱ぎ始める。ジェストは反射的に目を逸らし、「あれっ」という顔をしてまた戻す。

その顔にバサリとドレスが放り投げられた。

「畳《たた》んで小さくして。ここに置いておくわけにいかないから」

「お、おうー」

ジェストがドレス相手に格闘している間にファイラスは服を着替え終えていた。動きやすいズボン姿に長めの上着だ。銀色の長い髪は後ろでひとつに結んで上着の下に隠している。その上から金髪のかつらを付けると、城に仕《つか》える小姓《こしょう》のようになった。

そのあとファイラスはまだ床にへたり込んでいたレティの前へ行き、もう一度手を取った。

「しっかりしてレティ、混乱しているのは分かるけど、今は僕らを信じて従って欲しい。僕もジェストも、兄さんたちも、いつだってレティの味方だったろ」

「……うん」

レティは呆然《ぼうぜん》としながらも頷《うなず》いた。色んな事が起こりすぎて頭が麻痺《まひ》していたが、ファイラスの言う言葉で、ただひとつはっきりと分かることがある。

『いつだってレティの味方だった』

ダグラスも、アルフリートも、ジェストも、それからエレン王女も。思えばいつもレティのことを考えてくれていた。厳《きび》しいことも言うけれど、あとから考えれば、すべてレティに必要な言葉だった。兄たちにはいつも感謝していた。大好きだった。

だから――――。

「いまは一刻も早くここを離れなくちゃならないんだ。さあ、立って、レティ。できるよね。チェインバース家の誇りは、ちゃんとレティの中にあるはずだ」

「うん、分かった」

レティはこっくりと頷いてファイラスの腕をとって立ちあがった。ジェストもその頃にはなんとかドレスを丸め終わっていた。

「こっちは支度《したく》ができた。さあ出発しよう」

小屋を出ると、そこは城の北に広がる森の中だとわかった。

すぐ近くに、前に王女とともにピクニックに来たことのある丘が見えたからだ。

それらを照らしているのは月明かりばかりではなかった。今も燃えている城の火も光源なのだと分かってレティは身震《みぶる》いした。

小屋の外には二頭の馬が繋《つな》がれていた。一頭はジェストの愛馬、鹿毛《かげ》のポーラで、もう一頭はチェインバース家の馬の中でも気むずかしい部類にはいる青鹿毛のピエッタだ。レティはこの馬が苦手で、あまり乗ったことがない。

レティがためらっているそばから、ファイラスがすっと前に出てピエッタに近づいた。えっと思う間もなくファイラスはピエッタの頭を撫《な》でて、さっと鞍《くら》の上に乗った。

レティの乗馬姿よりよほど様になっていた。

「レティはこっちだ。俺と一緒に」

ジェストがポーラの前でレティを鞍まで抱きあげようとすると、レティは抗議した。

「ひとりで乗れるわよ」

「そうこなくちゃな、さすがチェインバース育ちだ」

ジェストはニヤリと笑った。

レティが鞍の前の部分に詰めるとすぐさまジェストも馬の背に乗った。

「まずは西だ。少し遠回りをして北の街道へ出る。行くぞ」

それだけ言うと、ジェストは馬を走らせた。

背後に燃える城を残して。

森の中を抜けるまでジェストはまわりに気を配り続けていた。背中を接しているレティにはジェストの身体《からだ》が緊張に硬くなっているのがよく分かった。

その張り詰めた雰囲気《ふんいき》に、レティも口をひらけずにいたが、頭の中にはさまざまな疑問が渦巻《うずま》いていた。

自分が……本物のエレン王女……。

アルフリートに言われたときにはとても信じられなかったが、あんな状況で嘘《うそ》や冗談を言う人ではない。その後、当のエレン王女も身代わりだと告白し、ジェストも口添《くちぞ》えをした。

それがほんとうだとしたら、どうして入れ替わるようなことになったのだろう。入れ替わりと聞いて咄嗟《とっさ》に思い浮かぶのは、本物の代わりに偽物《にせもの》が利益を得るということだが、ファイラスの目的がそんなことだったとは思えない。それなら入れ替わった後でさっさと自分を殺してしまえばいいはずだ。事情を知る兄たちが実の妹として大事にしてくれるはずもない。

だいいち――入れ替わったのは十年前、ファイラスが六歳の時と言った。そんな子供に入れ替わりや魔女との契約ができるはずもない。十年前となれば長兄のダグラスだっていまの自分より年下だった。だれか、もっと大人の人間がこれを計画したのだ。

いったいだれが……何のために……。

レティの心に必然ともいえる名前が浮かんでいた。

（まさか……お父様が？）

レティの思った『お父様』はチェインバース家の主《あるじ》、コリン・チェインバース伯爵《はくしゃく》だ。

グランドリュン王家からは最も信頼が厚いとされている人物だ。

だがレティがすり替わった王女だとしたら、かれが何も知らないわけはない。むしろ積極的に関与している可能性が高い。

（それじゃあ……かわいがってくれたお母様も、本当のお母様じゃない？）

レティの胸がズキリと痛んだ。優しく抱き上げた手は何もかも嘘だったのだ。悲しくて思わず涙がこぼれそうになったが、レティは慌《あわ》てて自分を奮《ふる》い起こした。

『いつだってレティの味方だった』

ファイラスの言葉はチェインバースの両親にも当てはまる言葉だ。

（きっと、何か理由があるに違いないんだわ）

レティはすり替えの問題でない、もうひとつの別の疑問に考えを向けた。

どうして今、隣国《りんごく》シードランドが攻め込んできたのかだ。

シードランド。確かにアルフリートはそう言った。しかしあの国とはそんなに仲が悪かっただろうか？　レティは兄たちに比べれば政治に疎《うと》かったが、王女と一緒に近隣《きんりん》諸国のことも勉強してきた。その時どの先生もシードランドが敵になるような国だとは言っていなかったはずだ。

それとも……。やはり自分の知らない秘密がここにもあるのだろうか。

自分だけ、秘密を知らされていない何かが。

レティは胸が苦しくなって、鞍《くら》の上で拳《こぶし》をぎゅっと握りしめた。

馬は夜通し休みなく進んだ。最初の森を抜けても止まらずに、どんどん道を急ぐ。

やがて夜明け近くになるとレティはうつらうつらとし始めた。緊張と驚きで眠気などやってこないと思っていたのに、ふと気が付くと目を閉じてジェストに背中を預けていた。

「ごめんね、ジェスト」

慌《あわ》てて身を起こす。

「かまわないさ、寝てろ。もう少ししたら安全な場所に行ける。そこで休めるからな、レティ」

「何言ってるの。起きてるわよ、だいじょうぶ」

レティは鞍の上でもぞもぞと身体《からだ》を動かしてしゃんと背筋《せすじ》を伸ばした。

蹄《ひづめ》の音は少し前からコツコツと硬い音を立てるようになっていた。土の道から舗装《ほそう》された石畳《いしだたみ》の道に移ったのだ。

まわりを見まわすと、見知らぬ街の中にいるのが分かった。

「ここはどこ?」

「城の北の街のプリナスだ。城からはそう離れていないが、ここはまだ静かだな」

ジェストの言うとおり、街は夜明け前の静寂《せいじゃく》に包まれていた。

馬は駆け足からゆっくりした足取りに戻っている。気を付けて喋《しゃべ》れば舌を噛《か》むことはなさそうだ。レティは半身をひねってジェストを見あげた。

「教えて。わたしたち、どこへ向かっているの」

するとジェストもうしろを振り返った。何か合図《あいず》したのかファイラスの馬が隣にやってくる。

「ずっと気を付けていたけど、追われている気配はないよ。森を通って大回りで来たからね。レティはちょっと疲れた顔してるね。無理もないけど」

レティの顔をじっと見てファイラスが言った。

「よし、目指す隠《かく》れ家《が》までまっすぐに行こう。早起きな街の連中に見つかる前にな」

そうしてレティが連れてこられたのは、町はずれにある小さな家だった。ジェストが二頭の馬を馬小屋に連れて行き、その間にファイラスが家の鍵《かぎ》を開けてレティを中へ招き入れる。

ランプの灯《あか》りがつけられると、そこは掃除《そうじ》の行き届いた小さいけれど気持ちのいい家だと分かった。質素《しっそ》だけれど質の良い調度品《ちょうどひん》が置かれており、レティが連れて行かれた居間と食堂を兼ね備えた部屋も、温かみのあるカーテンがかかっており、隅《すみ》には座《すわ》り心地《ごこち》のよいソファがあった。

そこで待っているようにと言われたレティは迷わずソファに座った。最初はしゃんと背筋を伸ばしていたが、次第に姿勢が崩《くず》れていき、最後には手すりに突《つ》っ伏《ぶ》すようにして動かなくなる。

「レティ、寝てるの？　そんな格好《かっこう》だとあとで首が痛くなるよ」

ファイラスの声がしてレティは、はっと身体《からだ》を起こした。

「だいじょうぶです。寝てません」

言ったそばから寝ぼけて敬語を使ってしまい、ファイラスにくすくすと笑われた。

「……お茶を淹《い》れてたの？」

紅茶のよい香りにレティは鼻をひくひくとさせた。香りの出所《でどころ》を捜して、ファイラスのうしろのテーブルに、湯気の立つティーセットを見つけた。

「うん。ずっと馬に乗ってきたからね、レティはともかくジェストには腹ごしらえをさせないと、あいつ暴れる」

ファイラスの言葉には賛同したが、エレン王女の顔でにやっと笑われてレティはなんだか複雑な気持ちになった。

「他に用意するものないの？　手伝う」

立ちあがったレティにファイラスは首を振ってテーブルに招いた。

「ないよ。食事っていっても、ジェストが持ってきたパンとチーズだけなんだ。ここには食料は置いてないからね」

待つほどもなく馬の世話をしてきたジェストもやってきて食事が始まった。

レティはお腹《なか》が空《す》いているとは感じなかったが、レティはお茶を一口飲んだあと塊《かたまり》から

切ってもらったイチジク入りパンを口元へ運ぶと、とたんに唾《つば》が湧いてきた。そのままもったパンもチーズもすっかり平《たい》らげてしまう。気が付かなかっただけで、ずいぶん空腹だったようだ。

ふと向かいを見るとファイラスがしかめっ面《つら》をしていた。視線をたどると食べ終わったジェストが指まで舐《な》めていた。

お行儀《ぎょうぎ》悪いジェストのクセだが、レティもそうしたいくらいだったので咎《とが》めるのはやめた。その点ファイラスは上品だ。膝《ひざ》に敷いたハンカチの上でパンを千切《ちぎ》って食べていたし、チーズを持った手はちゃんとハンカチで拭《ふ》いている。

レティはすました顔でスカートの上のパンくずを払うと、居住《いず》まいを正してふたりを見た。

「さ、腹ごしらえもすんだし、詳《くわ》しいことを聞かせてちょうだい」

ファイラスとジェストは顔を見合わせて、ふたりしてすこし笑った。

「いいよ。ようやく話を聞く覚悟もできたみたいだしね」

「森の小屋ではかなりパニクってたもんなあ、レティ。うえーんて泣くし」

「なによ。うえーん、なんて泣いてないわよ」

レティは唇を尖《とが》らせて言い返したが、ホッとしてもいた。ジェストの態度は前と変わっていなかった。それに勇気をもらってレティは単刀直入《たんとうちょくにゅう》に聞いた。

「わたしが本物のエレン王女だというなら、どうしてすり替わるようなことが起きたの？

だれがそんな大それたことをしたの？」

ジェストとファイラスはまた視線を交わした。まるでふたりだけにしか聞こえない会話をしているかのようだった。最終的に話をすると決めたのはファイラスの方だった。

「レティを守るためだよ。そうすることが必要だったんだ、あの時は」

「わたしを……守るため？」

「そうだよ。すべては前王ウィーレン様の願いからだ。レティ、きみのお祖父様《じいさま》のね」

きっとこんなふうに話すことを何年も前から練習してきたのだろう。レティが混乱しないよう、ゆっくりと話し始めた。

「いまから十年前、この国に大きな事件が起きた。病魔に冒《おか》されたウィーレン王のあとを継《つ》ぐために、戴冠式《たいかんしき》を間近にひかえられた皇太子夫妻が何者かに毒殺されたんだ。このことは、レティも国の歴史として知っているよね」

「ええ」レティは頷《うなず》き、はっと息を呑《の》んでもう一度「ええ」と頷いた。

スカートの上でレティの拳《こぶし》が強く握りしめられる。そのふたりが自分のほんとうの両親だと気付いたからだ。

でもその頃の記憶は少しもない。ふたりの顔は、城に飾られた肖像画で知るだけだ。

「そして公表されていないけど、この時狙われたのはおふたりだけじゃなかった。幼いエレン王女も含まれていた。暗殺者は皇太子一家を滅ぼす計画だったんだ」

「そんな、エレン王女はまだ五歳だったのに？」

レティは思わずファイラスの顔を見た。どうしてもまだファイラスがエレン王女だと思えてしまうのだ。それを分かってかファイラスもジェストも苦笑した。

「狙われたのはレティなんだよ。王位継承権《けいしょうけん》に近いという理由で、犯人にとっては大人も子供も関係なかったんだ。その時レティは何日も高熱を出したし意識も混濁《こんだく》していて、ひどく危険な状態だったんだ。残忍《ざんにん》な計画だった。王は家臣を総動員して犯人を捜し出して、間もなくだれの犯行かを突き止めた」

「だれだったの？」

「実行犯は買収《ばいしゅう》された侍女《じじょ》で、それを指示したのは――レディ・アンジェラ。王家に名を連《つら》ねる高貴な女性だった。捕《と》らえられた彼女は肩に罪人の烙印《らくいん》を押されて、一生涯幽閉《ゆうへい》されることになったけれど、その前に逃亡した。国外へ逃《のが》れたんだ」

「じゃあ、その人はまだ生きてるの？」

ファイラスは多分ねと頷《うなず》き、だからこうなったんだよと続けた。

「すでに病《やまい》の床《とこ》についていたウィーレン王は、ひとり生き残った孫のエレン王女の行く末を案じて、その身を守る苦肉《くにく》の策としてこの計画を立てたんだ。エレン王女を最も信頼する家臣の子とすり替えて育てることを。このことを知っているのはチェインバース家の家族と前王。そしてエレン王女が成人するまでの後見人《こうけんにん》をなさっている前王妃のマグレイア様だけだ」

「マグレイア様」

レティはつぶやいた。

その人のことはよく知っている。御高齢で、何年も前から体調が芳《かんば》しくなく、ここからずっと南の土地で静養をなさっている。

エレン王女は毎月必ずお見舞に訪れ、レティもいつもお供していた。

王家の印の銀髪が今ではすっかり白くなっていたが、その髪を美しく結《ゆ》いあげてレティたちを出迎えてくれていた。身体《からだ》の具合のいいときには一緒に庭を散歩したりカードで遊んだりもした。

「あの方がわたしのほんとうのお祖母様《ばあさま》なのね。だから、あんなに優しくて……」

優しいばかりではなかった。

ふと気がつくと、レティのことを見つめていた。何か言いたげな深いまなざしをしていた。

だがレティが視線に気付いたと分かると、いつも慌《あわ》てて視線を逸《そ》らしていた。その目に涙が浮かんで見えたこともあったが、あれは錯覚《さっかく》ではなかったのだ。

「レティ、小さい頃に毎日苦い青い薬を飲んでいたこと、覚えてる？　あれは身体に残った毒を完全に消すためのものだったんだ。その頃は長く歩くこともできなかった」

「思い出した……。あの青い薬はお城に仕《つか》えるようになる前までずっと飲まされてた。飲むと気持ちも悪くなるし大嫌いだったけど、一度ダグラス兄様が一緒に飲んであげるよって言ってくれて……」

ふたりして鼻をつまんで飲んだことがある。レティの手前ダグラスは平気そうな顔をしていたが、あとから、毎日こんな薬を飲むレティは偉いねと頭を撫《な》でてくれた。それが嬉《うれ》しかったのを覚えている。

「これが、エレン王女がチェインバース家のレティとして育てられることになったいきさつだよ。全部レティを守るためにしたことなんだ。信じてくれるかい」

レティはコクリと頷《うなず》いた。

自分がエレン王女なのだという実感はわかないが、ファイラスたちが嘘《うそ》をついていないことは分かる。

「……それでわたし、何をすればいいの？　ううん、それよりマグレイア様にお会いしたい」

「この騒動《そうどう》が終わったらそれもいいと思うよ。でもいまじゃない。いまは少し休もう。次に何をするにしろ、寝不足じゃうまく対処できないからね」

ファイラスにそう諭《さと》されて、レティはしぶしぶ奥の寝室に引っ込んだ。そこを見てレティはこの隠《かく》れ家《が》が充分計画的に用意されていたものだと分かった。チェインバース家のレティの部屋と同じ明るい花の壁紙が貼られていたからだ。カーテンもやはり同じ緑色だ。その隙《すき》間《ま》から、ちょうど顔を出したお日様の光が差し込んでいる。こんなに明るくて眠れるだろうかと思ったが、それはいらぬ心配だった。ベッドに横になるとレティはあっという間に寝入ってしまった。

目を覚ましたのはそれから何時間か後のことだった。

窓から外を見ると太陽はまだてっぺんには来ていない。お昼には間があるようだ。

レティは身支度《みじたく》を調《ととの》えると部屋を出た。昨日からの信じられないできごとを考えながら歩いていると、居間の手前で自分の足につんのめって転んだ。

「いったたた……」

「どうしたのレティ！」

すぐに居間の扉が開いてファイラスが顔を見せた。が、レティの姿を見て何が起きたのか察し、横を見て笑い顔を誤魔化《ごまか》したのをレティは見逃さなかった。

「べつに笑ったっていいわよ。いつものことだもん」

ファイラスは唇を尖《とが》らせるレティに手をさしだして助け起こした。

居間に入って、ファイラスに椅子《いす》を引いてもらって座ったレティは、そこにジェストの姿がないのに気付いた。

「ジェストはまだ寝てるの？」

「いいや、街にようすを見に行ってる。すぐ戻るよ。喉渇《のどかわ》いてるでしょ。お湯が沸《わ》かしてあるから紅茶を淹《い》れてあげるよ」

台所へ行ったファイラスがすぐにティーカップを持ってくる。

「ねえ、わたしがよく転ぶのって、もしかして昔の毒の影響なの？」

「うーん、ないとは言いきれないけど、魔法のせいもあるって森の魔女は言ってた」

「森の魔女？　ファイラスは魔女に会ったことがあるの？」

「うん。二年に一回くらいかな。姿を変える魔法の点検にね。魔女が言うには、この魔法は僕とレティの身体《からだ》に負荷《ふか》がかかった状態なんだって。レティの自分の足につまずくようなちぐはぐな感覚はそれのせいだから、魔法を解《と》けば治るはずだよ」

「そういうことだったんだ……」

レティはすこしホッとした。自分が人並み外れてトロかったり転んだりするのに引け目を感じていたのだ。

レティが紅茶の一杯目を飲み干そうとしていたとき、玄関が開いてジェストが戻ってきた。

「お帰り、ジェスト」

ファイラスが声をかけたが、ジェストの顔つきがこわばっているのに気付いて警戒した表情になる。

「どうした？　外で何かあったのか？」

　ジェストは口を開こうとしたがそこにレティがいるのを見て、ファイラスに向こうへ行こうと目配せする。

「ちょっと待っててレティ――」

　ファイラスとジェストがキッチンへ行こうとするのをレティは立ちあがって止めた。

「待って。ダメよ、隠さないで」

　レティは必死になって訴えた。

「何が起きているかちゃんと知っておきたいの。もうわたしに秘密にしたりしないで」

　レティがまっすぐにファイラスを見つめる。少しためらったものの、ファイラスは頷《うなず》いた。

「ここで話そう、ジェスト。外で何を聞いてきた?」

「そうだな。どうせレティの耳にも入るだろうし。早いほうがいいか」

　ジェストは渋い顔で腕組みした。

「予想はしていたけど、城は、落ちてた」

「敵に占領されたの?」

「ああ、城の上にシードランド国旗の剣と海獣《かいじゅう》の旗が上がったそうだ。味方の兵士も大勢捕《つか》まったらしい」

「まさかダグラス兄様とアルフリート兄様も?」

「それはまだ分からない。兄上たちがむざむざと捕まるようなことはないと思うんだが……。

ただ他に気になる話もあって……」

ジェストがかれにしては珍しく迷うように言いよどむ。レティは自分に聞かせたくない話はここからなのだと察した。

「言って。わたしだって何があったか知りたい」

レティに促《うなが》され、ジェストは再び口を開いた。

「城にはシードランドの旗と一緒に、グランドリュンの旗も掲《かか》げられていたっていうんだ。城に君主がいる印の旗が」

レティはきょとんとした。

「え……どうして？　エレン王女……のふりをしたファイラスはいないのに」

「街の噂《うわさ》によると、シードランドの兵士が吹聴《ふいちょう》して回っているらしいんだ。『我々シードランドは正しい王をグランドリュンにもたらしに来た』ってな。その正式な発表を、今日の昼過ぎにするらしい」

＊　＊

それから間もなく、レティたちは昨日後にしてきたばかりの城へと向かっていた。

シードランドの言う正しい王がだれなのかを確かめるために。

三人とも心の中に予感はあった。いまやグランドリュン王家の一族はエレン王女とマグレイア前王妃のみだ。他に血縁者《けつえんしゃ》はいるが、シードランドが胸を張って『正しい王』と言うだけの者はいない。

だが……十年前、このグランドリュンから姿を消した高貴な女性がひとりいる。もしもその女性だとしたら……。

レティたちは最初、極力《きょくりょく》用心して城のある街へ向かった。子供三人ということで目立ってシードランドの兵士に捕《つか》まることを恐れたのだ。しかし途中から無用の心配だったと気付いた。この街からも、もっと北からもたくさんの人間が城を目指していたからだ。

皆シードランドの兵士の言葉の真偽《しんぎ》を確かめるために向かっているのだ。レティたちはその中に紛《まぎ》れ込み、だれの注意をひくこともなく城下町へとたどり着いた。

レティたちが着いたときにはすでに大勢の人間が城の前の広場に集まっていた。

人々のようすからすると、まだシードランドの兵士からの発表はないらしい。

レティは人々の間から城を見あげ、あちこちに黒く煤《すす》けた跡があるのを見つけて胸が痛くなった。昨日ここで戦いがあったのだ。たくさんの人が怪我《けが》をしたろうし、ひょっとしたら死んだ人もいるかもしれない。城の中にはたくさんの知り合いがいた。その人たちはどうなってしまったのだろう。それにダグラスとアルフリートは……。

レティが沈痛《ちんつう》な面持《おもも》ちでうつむいていると、人々がざわざわと騒ぎ始めた。

「始まるぞレティ」

ジェストの声にレティもはっと顔を上げる。

城壁の上に人が立っていた。シードランドの兵士が数名と、かれらより多少いい服装の男が見えた。そのうしろにもうひとり、頭からすっぽりとマントをかぶった小柄《こがら》な人物がいる。

男は前に進み出ると下の人々に向かっておもむろに口を開いた。

「善良なるグランドリュンの民よ。よくぞ集まりもうした。われらはあなた方の敵ではない。不当なる王位簒奪者《さんだつしゃ》からグランドリュンを解放するために来た味方だ」

「何を言ってるんだ！　お城を襲ったくせに」

だれかが叫ぶ。城壁の上の兵士が弓を構えたが、男はそれを制した。

「不幸にして戦闘が起きてしまったが、死者はごく少数だ。その戦闘も、エレン王女がわれらの話に耳を傾けてさえくれていれば、起こるはずもなかったのだ」

「何言ってるんだあいつ……！」

ジェストが悔《くや》しそうに拳《こぶし》を握る。だが男はもっと驚くべきことを言った。

「あなた方は真実を知るべきだ。エレン王女こそが王位簒奪者なのだ。その証拠に正統なる世継《よつ》ぎの君との対決を避け、民を見捨てて城から逃げたのだ！　見よ！」

男が一歩下がる。と、同時にうしろの人物が進み出て、ばっとマントを脱ぎすてた。

観衆から「おお」とどよめきが漏《も》れた。

マントの下から現れたのは少年だった。かれがうるさそうに振った頭は、日の光にキラキラと反射する銀色の髪だった。

王家の血を引く証《あかし》。エレン王女と同じ銀髪だった。

「グランドリュンの民よ、こうしてあいまみえることが叶《かな》ったことを神に感謝する」

張りのある少年の声が広場に響いた。

「僕の名はエドウィー・レッドライト。祖父《そふ》の名を受け継ぎ、無実《むじつ》の罪を着せられ肩に罪人の烙印《らくいん》を受けた、レディ・アンジェラの息子だ」

「レディ・アンジェラの息子だと?」

「シードランドに身を寄せてたのか……」

呆然《ぼうぜん》とつぶやくファイラスとジェストをよそに、レティは目を大きく見開いて城壁の上の少年を見ていた。

「うそ、うそ……」

名前は知らなかった。

けれどその顔と声を知っていた。

彼は出会ったときは黒髪だった。樹の上からくすくすと笑ってレティを見ていた。

エドウィーは舞踏会《ぶとうかい》の朝、王女の庭の中で会ったあの小生意気《こなまいき》な少年だったのだ。

第三章　再会

（そんな。どうしてあの子が——どうして！）

こんなことがあるのだろうか。舞踏会《ぶとうかい》の開かれる朝、中庭の樹の上からレティを見おろしてからかったあの少年が、銀色の髪を持つグランドリュン王家の一員だったとは。

先々代の王の孫ということは、血の繋《つな》がりでいえばエレン王女——すなわちレティとははとこの間柄《あいだがら》になる。

一体いままでどこにいたのか。どうしてこんなことをしたのか。レティには分からないことだらけだった。

あの時会った黒髪の少年——エドウィーは、レティのことをからかったけれど、決して嫌な人物に思えなかった。寒いだろうとレティの肩にマントをかけてくれもした。もっともそれは彼の持ち物ではなく、隣国《りんごく》のレスター・ロシュ王子のものだと後で分かったのだが……。

そこでレティは気付いた。

（あの子、あの時からもうお城に入り込んでいたんだわ。この日のために……）

「僕は母とともにこの城へとやってきた。グランドリュン王家の正義を愛する忠臣《ちゅうしん》ならば、速《すみ》やかに我《わ》が許《もと》、我が母の許へと集《つど》うであろうことを確信している」

名乗りを上げた銀髪の王子エドウィー・レッドライトの横に、続いて威風堂々《いふうどうどう》とした男が現れた。片目を眼帯《がんたい》で隠した金髪の男を見て、レティたちのまわりでヒソヒソと言葉が交わされる。

「あれが将軍だよ——」

「シードランドの血も涙もない——」

男は朗々《ろうろう》とした声で、悲しい誤解によって生まれた捕虜《ほりょ》たちについて話した。城の地下牢《ちかろう》にいるが、数日のうちに解放されるであろうと。ただし新たな君主、エドウィー王子に忠誠《ちゅうせい》を誓《ちか》った後でならと。

それだけ言ってエドウィーと隻眼《せきがん》の将軍は城壁から下りて城の中へ姿を消した。

だが、かれらがいなくなっても集まった人々は城の前から立ち去らなかった。広場のあちこちにかたまって、いま見たことを声高《こわだか》に話している。

ことの成り行きにはだれもが驚いているようだった。大半はエレン王女を心配する声で、逃げたという言葉を鵜呑《うの》みにせず、ひょっとしたら殺されたのではと嘆《なげ》く声もあった。

しかし中には、いまの少年がレディ・アンジェラの息子ならば確かに王位につく権利があると話す者もいた。

レティたちはその中を目立たぬようゆっくり歩きながら小声で話した。

「ひどい。嘘《うそ》ばっかりよ。話し合いがしたいなんて、一言も言ってなかったじゃない。夜中にいきなり襲ってきたくせに。ずるいわよ」

「しっ、レティ。だれが聞いているか分からないよ」

注意するファイラスにレティは憤慨《ふんがい》した顔を向けた。

「だってあの子何も言わなかったのよ!?　わたしがエレン王女のお側《そば》に仕《つか》えてるって分かっても、王女と話し合いたいなんて一言も言わなかった」

とたんにファイラスもジェストも血相《けっそう》を変えた。

「なんだってレティ。奴《やつ》に会っていたのか？」

「いつ、どこで!?」

ふたりに詰め寄られて、レティはいまさらながらこのことをだれにも言っていなかったのを思い出した。すこしうしろめたさを感じながらあの朝、城の中庭で黒い髪をしたエドウィーと会ったことを話す。

「ごめんなさい。わたしがもっと早くこのこと言ってたら……お城が襲われたりしなかったのに」

「それはレティのせいじゃない。レスター・ロシュ王子のお供のふりをしていたんだろ。それにその時は黒髪だったんだ。何か企《たくら》みがあるとは気付くわけもない」

しょんぼりするレティをファイラスが慰《なぐさ》める。

「なあ、ちょっと待てよ。奴《やつ》はレティと会った時は黒髪だったんだよな?」

「そうよ。気付かなかったけど、髪を染めていたか、かつらをつけていたのね」

素直に答えるレティの横でファイラスが考え込むように腕組みをした。

「ふうん……銀髪と黒髪と……果たしてどっちが偽《にせ》なんだろうね」

「えっ?」

「ファイラスの言うとおりかもな。暗殺事件が起きて、犯人とされたレディ・アンジェラがその息子とともに姿を消したのは十年も前だ。レディ・アンジェラはともかく、その子供の顔を見分けられる人間が、いまこの国に何人いるか……」

「うん。子供のときの顔だって知ってる人は少なかったろうしね」

「それって、あの子が本物のエドウィー・レッドライトじゃないかもってこと?」

レティが言うと、ファイラスとジェストはちらりと目配《めくば》せしあった。

「相手の言うことを丸ごと鵜呑《うの》みにする必要はないってことだよ。それより、あの隻眼《せきがん》の男の言ったことが気になる」

「悲しい誤解で生まれた『捕虜《ほりょ》たち』ってやつか」

「ねえ、ひょっとしてダグラス兄様やアルフリート兄様は、その中にいるかもしれないの?」

レティが心配そうに聞く。

「まさかダグラスやアルフリートが捕虜になるような下手《へた》をうつわけねえけど……」

「今朝《けさ》になってもひとつの連絡もないのが気になるかな。直接魔女の住処《すみか》に行っているのか、それとも……」

ファイラスは気遣《きづか》わしげに城壁の向こうの城を見つめた。レティもその視線を追うように城の方を見た。その時視界の中に見知った顔を見つけてあっと叫んだ。

「見て、ルチアーナがいるわ！」

レティが指さした先には、恰幅《かっぷく》のよい年配の女がいた。だれか捜しているのか周囲を見回しながら、手に持ったハンカチをくしゃくしゃと握りしめている。

「だれだ？」

怪訝《けげん》な顔で聞くファイラスにジェストが答えた。

「チェインバース家に昔からいるメイド頭《がしら》だ。何かダグラスたちのことを聞いてるかもしれない。行ってみよう」

三人はジェストを先頭に女の方へ近づいていった。

「ルチアーナ！」

レティが声をかけると、メイド頭はキョロキョロとあたりを見回し、人込みをかき分けてやってくるレティたちを見つけた。その目がまん丸になったと思うと、わっと泣き出し、すぐさま駆けよって来て、レティとジェストを腕の中に抱きしめた。

「お嬢様、ぼっちゃま！　よくぞご無事で」

「当たり前だ。無事に決まってるだろ。母上たちは？」

抱きしめられたままジェストは苦笑する。自分の生まれる前から家に仕《つか》えるメイド頭《がしら》には、自分がいまも足元もおぼつかない子供に思えるのだろう。

「もちろんご無事です。屋敷の者もみんな問題ありませんよ」

ルチアーナはくしゃくしゃになったハンカチで涙を拭《ふ》きながら答えたが、そこで初めてファイラスの存在に気付き、不安そうな顔をする。

「あの、こちらのぼっちゃんは？」

ジェストは複雑な顔をした。ルチアーナは二十年も前から家に仕えている。当然ファイラスが生まれたときも母のもとにいたと聞く。しかしチェインバース家の三男ファイラスは使用人たちにも病死と伝えられている。その子が生きて、ましてや長年王女の身代わりを務めたことはこのルチアーナにも言えない。

「かれはレティと一緒に城に仕えていた子だ。親しい友達だよ」

するとルチアーナもようやくファイラスに同情のまなざしを向けて、大変な目に遭《あ》いましたねと声をかけた。

「ここへは奥様に言われて来たんですよ。ひょっとしたらぼっちゃま方に会えるかもと……。おふたりともお屋敷にお戻りになられますか？」

ルチアーナは期待を込めてレティたちを見た。しかしジェストは首を横に振った。

「いいや。俺たちには任せられた大事な仕事がある。それが終わるまで家には戻れない」

「そう仰《おつしや》るだろうと奥様も言っていましたよ。こちらのお手紙とお金も預かってまいりました」

ルチアーナはため息混じりに言うと、ふところから包みを出してジェストに渡した。

ジェストは大事そうにそれを受け取った。

「ありがとうルチアーナ。母上に感謝していると伝えてくれ。……ところで、兄上たちは家に戻ったのか？」

今度はルチアーナが首を振る番だった。

「いいえ。ダグラス様もアルフリート様もお戻りになりませんでした。わたしの息子のトーレスも、昨晩はお城に詰めておりました。ダグラス様のもとで働いていたはずですけど……」

そう言うとルチアーナは先ほどのファイラスのように心配そうに城を見つめた。レティは慰《なぐさ》めるようにその手を撫《な》でる。

「ルチアーナの息子さんも家には戻ってないのね。せめて無事かどうか分かればいいのに」

「残念ですよ。旦那様《だんなさま》がいらっしゃればこんなことにはなりませんでしたのに。きっとお留《る》守《す》を狙って来たんですよ」

ジェストたちの父親、コリン・チェインバース伯爵《はくしやく》はこの二週間ほど前から不在だ。南の国境付近で起きた山岳民族との小競《こぜ》り合《あ》いを収めるために兵を伴《ともな》って出かけているのだ。

「もしかしたらそれもシードランドの介入《かいにゅう》があったかもしれないな」

というのは、後になってジェストが漏《も》らした言葉だ。この時はただルチアーナや家で待つ母に心配をかけまいと、優しく肩を叩いていた。

「ああ、親父《おやじ》が戻ってくれば何もかも大丈夫だ。母上に伝えてくれ。俺もレティも無事でいるって」

「わかりました。確かにお伝えします……それで……」

ルチアーナはしばしためらった後に聞いた。

「こんなこと私が聞いちゃいけないのかもしれませんけど……ご無事なんでしょうか、エレン王女は」

ジェストは一瞬言葉に詰まった。

レティも唇を嚙《か》む。

と、ファイラスが前へ進み出て、ルチアーナにそっと耳打ちした。

「大丈夫。詳《くわ》しくは言えないけれど、ご無事でいらっしゃる。お逃げになるところを見たよ。チェインバースの奥様にもお伝えするといいよ」

その言葉にルチアーナはまたじんわりと涙ぐんだ。

「よかった。それならよかった。たとえ息子が死んでいても、エレン様をお守りになったのなら、誇らしいよ」

屋敷に帰るルチアーナを見送った後、レティたちはもう一度人々の話を聞くために広場を歩いて回った。最後には危険を冒《おか》してシードランドの見張りの兵士が立つ通用門の前まで行きもした。

なぜならそこは一番人だかりのしている場所で、城の中に出入りする商人や荷馬車の御者《ぎょしゃ》を捕《つか》まえて、人々が城の中のようすを聞いていたからだった。

レティたちは槍《やり》を持って立つ兵士たちの注意を引かないよう、さりげなくそこに立ち止まり、交わされる言葉に注意深く耳を傾けていた。

しかし、レティたちがほんとうに知りたいこと——ダグラス、アルフリートの消息《しょうそく》や、レディ・アンジェラの息子のエドウィーが本物かどうかについては、確かな情報は何も得られなかった。

「噂話《うわさばなし》だけじゃらちがあかないな」

「そうだね。真実を知るためには、中へ入って直接エドウィー王子に会うしかないみたいだな……」

さらりと言うファイラスにレティは目を丸くした。

「本気で言ってるの!?　もし捕《つか》まったらどうするの。あなたの姿はまだ……」

変装しているとはいえファイラスこそ、皆の知るエレン王女なのだ。シードランドの兵士に捕まれば大変なことになる。

「けど、もしここで偽物《にせもの》の証拠《しょうこ》をつかめたら……話は断然簡単になるんだよな」

「ちょっと、ジェストまで」

「俺たちが城から出てきたあの通路がまだ使えるかもしれないな」

具体的なことを言い始めるふたりを、レティはなんとか止めようと口を開いたとき、門の方で叫び声が上がった。と、同時に人の波がわっと押しよせてきてレティはもみくちゃにされた。

「レティ――！」

咄嗟《とっさ》にジェストが腕を伸ばすが、あと少しのところでレティを掴《つか》みそこねる。

人の肘《ひじ》に小突《こづ》かれ、乱暴にぶつかられ、レティは地面に転がった。

「いったーい……」

ぶつけた肘をさすり、ふと気が付いたときにはレティは人々の群れの一番前にいた。すなわちシードランドの兵士たちのすぐ目の前だった。

「よし、ではおまえで最後だ。さっさと立って中へ入れ」

「えっ、何？　なんなのよ」

「聞いていなかったのか。本日城で開かれる宴会《えんかい》のための下働きだ。手が足りないので二十名ほど連れてこいとの命令だ。おまえでちょうど数が揃《そろ》う」

そう告げる兵士のうしろには、不安そうな顔の人々が集められていた。さっき悲鳴が上がったのはこのためだったのだ。

「分かったらさっさと立て」

レティの足元に兵士が槍《やり》を突きつける。

「レティ！」

後ろの方で叫び声がした。見るとファイラスが人々の前に出てくるところだった。

「出てきちゃだめっ」

警告しかけたところでファイラスの腕をだれかが引っ張り、人々の中に戻した。ジェストだ。だが人垣のうしろでなおもジェストの手を振りほどこうとするファイラスが見えた。

レティは再びファイラスが出てくる前にと素早《すばや》く立ちあがった。スカートの埃《ほこり》を叩いて払い、わざと大きな声で言う。

「分かったわ。行くわよ。わたし、一度はお城の中を見てみたかったの。ちょうどいいわ。でも夜には帰してくれるんでしょうね」

＊　＊

レティたち臨時雇《りんじやと》いの二十名は、半分は台所へ、もう半分は広間の準備へと送り出された。

レティは広間の方へ振り分けられ、他の者同様、水桶《みずおけ》とブラシを渡されて広間へ続く床を磨《みが》くように言い渡された。

おかしいな、とレティは思った。

そのあたりはつい先日開かれた舞踏会《ぶとうかい》のために、徹底的に掃除《そうじ》されていたのを知っていたからだ。

しかしそこへ連れて行かれてレティは凍《こお》りついた。

床や壁のあちこちに飛び散った血の跡がついていたのだ。

「ぼけっとするな。さっさと始めろ」

見張りについて来た兵士が怒鳴《どな》る。レティと同じく呆然《ぼうぜん》と立ちつくしていた人々も、バケツにブラシを突っ込んで一斉《いっせい》に床をこすり始めた。

レティも同じように床をこすり出したが、驚きから立ちなおると段々と悔《くや》しさがこみ上げてきた。ここで昨日の夜、お城の兵士たちが戦ったのだ。寝込みを襲われて、何がなんだか分からないうちに、それでも剣を持って戦ったのだ。エレン王女を守るために。

（わたしを守るために……）

床に飛び散った血はひとりやふたりのものではない。深い傷を負った者もいそうだった。

それがシードランドの兵士だったらいいのにとレティは思った。

レティは大きく洟《はな》をすすった。悔しいのと腹立たしいのと悲しいのが混ざり合って、涙がこぼれてきていた。

（他にお城に仕《つか》えていた人たちはどうなったんだろう。エレン王女付きの侍女《じじょ》のみんなは……）

つい昨日まで楽しく笑っていた顔を思いだしレティはまた涙がこみ上げてきて、それを服の袖《そで》でぬぐった。

バケツの水は何度か取り替えられて、途中でお城の侍女が床磨《ゆかみが》きの石鹸水《せっけんすい》も持ってきてくれた。そうして床や壁が半分ほどきれいになった頃、厨房《ちゅうぼう》の采配人《さいはいにん》がやってきて向こうに人が足りないと兵士に訴えだした。

「とにかく何もかも人が足りないんだよ。壁なんか、布でも貼って飾ればいいだろうが、料理はそういうわけにいかないだろう。あんたたちが半煮えのジャガイモが好きだっていうなら別だけどね」

見張りの兵士はよい顔をしなかったが、采配人がひとりでもいいからと言うと、しぶしぶ頷《うなず》いた。

「それじゃあの娘を連れてくよ。床磨きには力が足りないようだけど、ジャガイモの皮剝《む》きや芽を取るのに力はいらないからね」

そう言って采配人はレティを指さした。

一生懸命に床をこすっていたレティは憤慨《ふんがい》したが、おとなしくブラシとバケツを持って采配人のうしろからついていった。泣いたせいで目元が赤く腫《は》れていたが、采配人はそれについては一言も触れなかった。

　城の廊下《ろうか》をいくつか曲がっていくと、窓の外に焼け焦《こ》げたり壊れてしまっている城の壁が見えた。そういう場所に近づくときな臭《くさ》さが漂《ただよ》ってきた。昨晩のどーんという大きな音はここで爆薬が破裂したためなのだろう。そのとき近くにいた者のことを思い、レティはぎゅっと唇を嚙《か》んだ。

　采配人とレティが中庭を囲む廊下にさしかかったときだ。

「おい、そこの。ちょっと待て！」

　頭上から鋭い声が降ってきた。レティと采配人が慌《あわ》ててまわりを見回すと、庭の樹の上にだれかがいて叫んでいた。

「うしろのおまえだ。こっちへ来い」

　レティを指さして言うと、身軽に樹の上から飛び降りてくる。銀の髪が陽射《ひざ》しにきらめき、レティはあっと声を上げた。相手はレティの捜すエドウィーだったのだ。

　采配人が慌てて頭を下げる。

「こ、これはエドウィー様……。何か失礼がありましたでしょうか。この者はつい先ほど城の下働きに雇《やと》われて……」

「城の下働きぃ？」

エドウィーは立ち止まるとレティをジロジロと見た。レティも負けじと目をこらして見たが、銀の髪に不自然なところはない。

「頭を下げて」

采配人《さいはいにん》がささやき、レティの頭を押さえ込む。

「このように礼儀作法《れいぎさほう》もなっておりませんが……なにとぞお目こぼしを」

「ふうん……。まあ何でもいいさ。向こうの庭に熟《う》れた木イチゴを見つけたんだ。それを摘《つ》むのにちょっと借りるよ」

近づいてレティの腕をとるとエドウィーは采配人に「ここで待っていろ」と告げて問答無用にレティを引っ張っていった。

そのまま庭の中を大股《おおまた》で突っ切っていくエドウィーにレティは抗議した。

「痛い、ちょっと離してよ」

「大声を上げるな。自分の立場をわきまえろ」

エドウィーは苛立《いらだ》たしげに言い歩調をすこし緩《ゆる》めた。

そしてまわりに人気《ひとけ》がないことを確認すると、立ち止まってレティに向きなおった。

「おまえ、一体何のつもりで戻ってきたんだ。エレン王女と一緒に逃げたはずだろう」

レティは驚いて目をしばたたかせたものの、口では何も答えなかった。エドウィーはため息をついた。

「レティーシュ・チェインバース。おまえがエレン王女の側近《そっきん》のひとりなのはもう分かってる。朝になって城の中を片端《かたはし》から捜索《そうさく》したがおまえはいなかった。だから王女と逃げたと思っていたのに……。王女が忘れた気に入りの髪飾りを取りに来た、なんて馬鹿な言葉は聞きたくないぞ」

　レティはまたじっとエドウィーを見た。なんだかかれの言葉はおかしな気がした。

　しかし黙っているレティをエドウィーは忠誠心《ちゅうせいしん》による黙秘《もくひ》と受けとったのか、やれやれと首を振った。

「何が目的で来たかは知らないが、もう一度おまえの主《あるじ》に会ったら言え。国外へ逃げろと。連中は……王女の首を狩ろうとしている」

　レティは鋭く息を呑《の》んだ。

「話し合いをしたかったなんてやっぱり嘘《うそ》なのね！」

「話はするさ。だが前の王家の王女など残しておく必要はないと、ふたりとも考えているだけだ」

「ふたりってだれのこと？」

「シードランドの将軍と……俺の母親だ」

　エドウィーは目を伏せながら答えた。

「レディ・アンジェラ……ね」

「そうだ。さあ、王女がどれだけ危険か分かったろう。早く戻って知らせてやれ。もう中庭の道は使えないぞ。あそこから逃げたのは分かってるから、将軍の手下が見張っているはずだ」

「あなた、どうしてそんなこと教えてくれるの？」

「無関係の者が命を落とすのは見たくない……」

レティはエドウィーの顔をしげしげと見つめ、つと手を伸ばすと髪を引っ張った。

「いたっ、何するんだ」

「かつらじゃないわよね。それに……染めたようにも見えない。エレン王女と同じ髪だわ」

レティは指に絡《から》まって抜けたエドウィーの髪を見つめて言った。

「俺が偽物《にせもの》ではと疑っていたのか。残念ながら本物だ。レディ・アンジェラの息子だ」

「あなたの言葉は信じられない。無関係の人の命を奪いたくないって言っておきながら、お城の兵士はたくさん血を流したわ。どっちがほんとうなの。そうまでして王様になりたいの？」

「俺の望みじゃない！　……母のためだ」

エドウィーは苦しそうにレティを見た。

「母が昔何をしたのかは知っているだろ。……母は、狂っている」

その時、庭の奥から歌声が聞こえてきた。美しい旋律《せんりつ》はよく聞くとだれかの名前を呼んでいた。とたんにエドウィーの顔に緊張が走る。レティの身体《からだ》を実った木イチゴの前に押しやり熟《う》れた実を摘《つ》むように言う。

「おまえ何も喋《しゃべ》るなよ」

レティにそう念を押してエドウィーは歌声の主《ぬし》に応《こた》えた。

「ここです、母上」

「そんなところにいたのエドウィー。グランドリュンの正しい王様。ごきげんよう」

歌うように話しかけた女性を見てレティは驚いた。長い黒髪になんとも言えぬ神秘的な深緑の瞳の彼女は大変美しかった。まるで月の女王のようだと思った。とてもエドウィーのような子供がいるようには見えない。姉と言っても通りそうな美女だ。

「何をしていたの。その子はだぁれ?」

「木イチゴを摘ませていたんですよ。自分で採《と》ると手が汚れるから……」

エドウィーはレティの手を摑《つか》むと、木イチゴを摘んでいるレティの指ごと口元に持っていき、口に含んだ。まるで指先にキスをしているような食べ方に、レティはきゃっと悲鳴を上げた。頬《ほお》が朱色に染まる。

くすくすと笑い声が起こった。レディ・アンジェラだ。

「純情な女の子をからかうなんて悪い子ね、エドウィー。でもそれ以上は慎《つつし》みなさいな。わたくしはまだまだお祖母《ばあ》さんになる気はなくってよ」

「もちろんです、母上」

「やっとお城に住めるようになったのだもの。しばらくはわたくしを女主《おんなあるじ》でいさせてちょうだい。もし言いつけを破ったら……分かるわね」

レディ・アンジェラは手を伸ばして目の前の花にとまった蝶《ちょう》を指先で摘《つま》んだ。はっとしてエドウィーが前に出たが、それより早く蝶はレディ・アンジェラの両手の中に隠れた。

次に手が開かれたとき、そこに蝶はいなかった。ただ何か細かいものが、手のひらからパラパラとこぼれていった。

そうしながら、レディ・アンジェラはレティを見て少女のようににっこりと笑った。

レティは無意識にエドウィーの背中に隠れた。レディ・アンジェラの大きな目が怖かった。自分を見つめている暗い池のような目が恐ろしかった。

「いやぁね、手が汚れてしまったわ」

レディ・アンジェラはレティから視線を外すと自分の手を見て顔を曇《くも》らせた。

「ねえ、ハンカチを貸して頂けないかしら、ゼレオン将軍」

うしろをふりかえってレディ・アンジェラが言った。それを聞いて、エドウィーの身体《からだ》が緊張にこわばるのをレティは感じた。

「やれやれ。あなたとの隠れんぼはいつも負けてしまうな」

樹の幹《みき》の陰《かげ》から姿を現したのは片目に眼帯《がんたい》をかけた男だった。城壁で捕虜《ほりょ》について喋《しゃべ》っ

ていたあの男だ。

「あの人が……シードランドの将軍」

隻眼《せきがん》の将軍はハンカチを取り出すと自らレディ・アンジェラの手を取り、汚れを拭《ふ》いてやった。近くで見ると彼も若かった。レティの兄のダグラスより四、五歳上なだけだろう。月の女神のようなレディ・アンジェラと並んでも少しも見劣《みおと》りのしない、威風堂々《いふうどうどう》とした人物だった。

「こんなところへどうした、ゼレオン将軍」

エドウィーは背中のレティを隠すように一歩前へ出て聞いた。

「おふたりを捜していたところだ。グランドリュンの貴族たちのよこした使者が、ちらほらと謁見《えっけん》の間《ま》に集まりだしている。おいで願えるかな？」

「わかった、行こう。おまえはもういいぞ。さっきの所へ戻れ」

エドウィーがことさら大きな声でレティに言う。レティは一瞬呆《ほう》けた顔をしたが、すぐに意図《いと》を察した。

だれへともなしにぺこりと頭を下げ、レティは走ってその場をあとにした。

もしこの時レティが振り向いていたら気付いたはずだ。自分を見送るのがエドウィーだけではなかったことを。レディ・アンジェラが神秘的な目を細めて、じっと自分を見ていたことを。

そしてレティと入れ違うように、三人のもとへシードランドの兵士が走りよっていった。

「ゼレオン将軍、ご報告申しあげます。書物庫を捜索中に不審な記述の書類が見つかったとのことです」

「レディ・アンジェラの言うあれが見つかったのか」

「いいえ。ですが、気になる書類とのことで……これでございます」

兵士はふところから茶色く黄ばんだ古い手紙を取り出した。それを読むゼレオンの目が細くなる。

「ふむ……北の魔女からの手紙か。……ほう。この十年間、定期的に魔女への支払いがある……。毎年欠かさずにか……」

将軍は口元をほころばせた。

「城の占領はあっけなさすぎたが、やっと面白いことになりそうだ」

＊　＊

レティが走って元の廊下《ろうか》まで戻ってくると、采配人《さいはいにん》が心配そうな顔でうろうろと歩き回っているのが見えた。

「ごめんなさい。遅くなって」

レティの姿を見つけて采配人《さいはいにん》は見るからにホッとした顔になった。

「やれやれ戻って来られたか。一時《いちじ》はどうなることかと思ったよ。さあこっちも急ごう。怒られちまう」

急ぎ足で歩き出した采配人のうしろをレティも慌《あわ》てて追いかけた。

中庭にそった廊下《ろうか》から城の別棟《べつむね》の内部に入り、レティたちはシンとした廊下をどんどん進んでいった。

このあたりにはシードランドの兵士の姿どころか城の使用人たちも滅多《めった》に通らず、ひっそりした場所だった。

と、采配人が立ち止まり、急にゴホゴホと咳《せ》き込み始めた。

「ど、どうしたの。だいじょうぶ？」

背中をさすろうとレティは近づいた。

その時――――。

真横の扉が開き、さっと伸びてきた手がレティを捕《つか》まえて部屋に引きずり込んだ。

第四章　城の仲間

グランドリュンの城には人を食べてしまう奇怪な扉……などという奇怪なものはない。

現にレティを引き込んだ扉は、すぐにまた開いて、ひとりの少女を外へ出した。

しかし、それはレティと変わらない年頃の少女であって、レティではなかった。

またこの扉の前でわざわざ止まり、レティが心配するほど激しかった厨房采配人《ちゅうぼうさいはいにん》の咳《せき》は、少女が出てくるとピタリと止まった。ふたりはかすかに頷《うなず》きあい、采配人はすっくと姿勢を正して何事もなかったかのように歩き始め、レティとは別の少女もなんのためらいもなくそれに従った。

付近にはシードランドの兵士も他の使用人たちの姿もなく、このささやかなすり替えはだれにも見咎《みとが》められることはなかった。

その一方、部屋に連れ込まれたレティは。

「きゃ…………」

暗い部屋の中で、悲鳴を上げていた。

だが、声が大きくなる前に、伸びてきたいくつもの手で口をふさがれてしまう。おまけに肩や腕を複数の手で押さえ込まれてしまう。

(どうしよう。ジェストやファイラスもいないのに。助けを呼べないのに……!)

ひとりで城へ来たことを激しく後悔する。

怖いのと、それでもどうにかしなくちゃという思いで、レティは力一杯抵抗しようとした。

その時だ。

「しーっ。私たちよ、レティ!　お城の仲間よ!」

「あなたが臨時雇《やと》いと一緒に来たのを見かけて、みんなで協力して話を聞きに来たのよ」

耳元で聞き覚えのある声が言った。

レティはびっくりして抵抗を止《や》め、まわりを見回した。

たくさんの人間が自分を取り囲んでいることを知った。大半は女たちで、紺色《こんいろ》やグレーの服に大きなエプロンドレスをつけている。みんな城に仕《つか》える人たちだ。そのうちの何人かは直接エレン王女に仕える侍女《じじょ》たちで、もちろんレティも知っていた。特にレティをうしろから摑《つか》んでいる手の持ち主は、舞踏会《ぶとうかい》の時にドレスを着せてくれた侍女だ。

「よかった……みんな無事だったのね」

「おおむね、ね。それよりエレン王女はご無事なの?」

「レティなら知ってるんでしょ。一緒に逃げたのよね？」

「シードランドの将軍に捕《つか》まったりしてないわよね？」

侍女たちが次々と真剣な顔で聞いてくる。

よく見ると彼女たちの中には手足に包帯を巻いたり痣《あざ》をつくっている者もいた。

きっとシードランドの兵士らに抵抗したせいだろう。レティは胸が詰まった。

やがて薄暗い室内に目が慣れてくると、ここがお城のリネン室のひとつだというのもわかった。普段使わない予備のシーツやカーテン、テーブルクロスをしまっておく部屋だ。幾《いく》つもの棚《たな》が並び布が積まれているのだが、今日に限って空《あ》いている棚も多かった。取り替えに持ちだされたり、あるいは怪《け》我《が》人《にん》の手当に使われたりしたのだ。

「もちろん無事よ。だいじょうぶ、エレン王女は安全なところにいるわ。捕まったりしない」

明るい笑顔で言うと、部屋にいる全員が安堵《あんど》のため息を漏《も》らした。緊張が解《と》けたのか小さく笑い出す者もいて、隣りの者がシッとたしなめる。

「よかった。それを聞いて安心した。アルフリート様たちが王女を逃がしたらしいって聞いたんだけど、だれもそれを見てないし、ほんとうかどうか分からなかったのよ」

「それ、だれが言ってたの!?」

レティが必死の顔で詰め寄った。

「ね、だれかアルフリート兄様とダグラス兄様のことを知らない？　地下牢《ちかろう》に捕《と》らえられてるの？　だれかふたりを見てない？」

いまの声の主《ぬし》だけにではなく、部屋中の人にも聞く。

「おふたりとは一緒じゃないの？」

聞かれた侍女《じじょ》の方がショックを受けたように言った。部屋の中にひそひそとささやく声があふれ、うしろの方から年配の女が進みでてきた。

「あたしは昼前に地下牢《ちかろう》に水とパンを持って行ったんだけどね。確かにそこにはお城の兵士が捕《つか》まえられていてさ――」

台所の下働きをしているという女は、そこで見てきたことを詳《くわ》しくレティに話してくれた。

城を守っていた兵士たちは地下の牢屋に分散されて捕《と》らえられているが、怪我《けが》をした者はちゃんと手当もされ、あまりひどい扱いはされていないということだった。ただ全員がぼんやりとしており、風邪《かぜ》でも引いたように元気がなかったという。兵士らはきっと、無気力になる薬や魔法を使われたに違いないと女は言った。

「それであたしは全部の牢に水とパンを持って行ったんだけど、地下牢にゃもちろん、死んだ者の中にもアルフリート様やダグラス様はいなかったよ。おふたりが捕まったって話、だれか聞いたかい？」

するると皆、首を振ったり、「聞いてない」と答えたりした。

「お逃げになったんじゃないかね」

部屋の奥からだれかが言う。

「そうよ、シードランドの兵士なんかにやられるお方たちじゃないわよ」

「捕まれば、絶対私たちの耳にも届くもの」

侍女たちもレティの肩を叩いて励《はげ》ます。

「そうね、兄様たちが捕まるわけないわよね……」

レティは自分に言い聞かせるように言って頷《うなず》いた。

「あんた、わざわざ城に戻って、それを探りに来たのかい？」

さっきの地下牢へ行ったという女が聞く。

「ううん、それだけじゃないの。あのエドウィー王子が本物かどうか知りたかったの。……エレン王女が気にしてらしたから」

「あんなやつ気にすることはないわ。エレン王女こそがほんとうのお世継《よつ》ぎなんだもの！」

若い侍女が憤慨《ふんがい》して言う。

「そのとおりでしょうけど、嘘《うそ》かほんとうかで言ったら、たぶん本物ね。少なくともレディ・アンジェラは本人のはずよ。昔見たことがあるもの」

年上の侍女が残念そうに言う。

「レディ・アンジェラ……」

レティはあのふしぎな雰囲気《ふんいき》の美女を思い出し、背筋《せすじ》をゾクリとさせた。

「なんだか怖いお方だった。美しくて、少女のようで。にこにこ笑いながら、『やっとお城に住める』って仰《おっしゃ》ったとき、すごく怖かった」

「レティ、あなたレディ・アンジェラに会ったの!?」

「うん。エドウィーにも会ったわ。悔《くや》しいけどふたりとも本物みたいだった。それからシードランドの将軍にも……」

するると、部屋の皆が一斉《いっせい》に息を呑《の》んだ。

「ダメよ、そんな危険なこと二度としないで！」

「もしあなたがエレン王女と親しいことが分かったら、拷問《ごうもん》にかけられるわよ！」

「拷問……？」

「そうよ。あの隻眼《せきがん》の将軍はね、今回の侵略のすべての指揮《しき》を執《と》っているのよ。兵士はみんなかれの言うことを聞いているもの。綺麗《きれい》な顔をしているけど、あのゼレオン将軍はとんでもなく恐ろしい人よ。私、彼についてきた小姓《こしょう》を何人か見たのよ。全員蜂蜜《はちみつ》みたいな金髪、水色の瞳の見目《みめ》のよい顔立ちだったけど、みんな身体《からだ》のどこかしらに傷を負っていたわ。腕に鞭《むち》の跡《あと》が幾《いく》つもついていたし。きっと気に入らないことがあると、すぐに小姓に鞭を打つ冷酷《れいこく》な人間なのよ。だからレティを拷問をするなんてへっちゃらのはずよ」

侍女《じじょ》のひとりに怖い顔で言われ、レティはまるで自分が鞭打たれたように両腕をさすった。

先ほど庭で見たゼレオン将軍は、レディ・アンジェラにハンカチを渡してやったりと、優しそうな人物に見えたが、それは大きな間違いだったようだ。そもそも優しい人物がこんな侵略を行うわけもない。

それにエドウィーも言っていた。

「ゼレオン将軍はエレン王女の首を狩ろうとしているって、確かに聞いたわ。レディ・アンジェラもそのつもりだって」

レティがつぶやくとまわりの皆は苦々しく顔を見合わせた。

「やっぱりね。エレン王女を亡き者にして、何がなんでも自分の息子を王位につかせたいのよ。過去の罪を反省もせずに、なんて恥知らずなのかしら」

「やっぱり、悪魔の血が混ざっているんだよ」

「国王様がお情けをかけずに、殺しちまえばよかったんだ。どうせ恩知らずなんだから」

皆は口々にレディ・アンジェラに対する悪口を言い出したが、だんだん声が大きくなり、年かさの侍女が「静かに」と怖い顔でいさめた。

「レティ、今度はあなたが外のようすを教えてよ」

「火の手は上がってないけど、外では戦いは起きてないの？」

「ええ。外では戦闘はなかったみたい。少なくとも城の近くの街や村ではなかったはずよ。城下町もそう。広場にシードランドの兵士はいても、騒ぎは起きてない」

レティが答えるとすぐまた別の侍女が質問してきた。

「今度の奇襲のことやエレン王女のこと、外のみんなは知っているの？　なんて言っているの？」

「街の外にはほとんどシードランドの兵士はいなかったわ。でも夜中にお城に火の手が上がったし、お昼前には近くの街や村にシードランドの兵士が知らせに来たから、お城が落とされたのは知っていたみたい。それでも最初は半信半疑《はんしんはんぎ》だったけど、エドウィーや将軍の姿を見て、やっとほんとうだって分かったと思う」

レティは今朝《けさ》見た町のようすを思い出しながら皆に伝えた。

みんなが広場のあちこちに固まって話をしていたこと。王女のことを心配したり、お城の中の家族を心配したりしていたこと。王女が城から逃《のが》れたことを将軍自身から聞かされて、それだけは街のみんなもホッとしていたことなどだ。中にはレディ・アンジェラの息子なら王位を継《つ》ぐ資格があるといった声もあったが、それは敢《あ》えて伝えないことにした。

皆がウンウンと頷《うなず》いて聞いていると、扉が控《ひか》えめに叩かれた。

中に入ってきたのはレティをここまで連れてきた厨房采配人《ちゅうぼうさいはいにん》だった。

「そろそろその子を台所で働かさないと。臨時雇《やと》いを帰すときに怪しまれちまう」

「そうだね。私らもあまり長く持ち場を離れてたら、おかしく思われる」

「全員で出たら怪しまれるから、最初に決めたとおりに荷物を持って二、三人ずつね」

皆すでに決めた段取りどおりに、棚《たな》から色々と物を取り出し始める。

「気を付けるんだよ」

　采配人と出て行こうとするレティに年配の女が声をかけた。

「うん。ありがとう」

「レティ。エレン王女に伝えてちょうだい。お城でいつまでもお待ちしていますって」

「お帰りになるまでは、私たちがお城を守ってるからね」

「レティ、どうかエレン王女のことをお守りしてね。私たちみんなの希望なのよ」

　レティの手を取ってひたむきに話す侍女たちに、レティも真剣な顔で頷いた。

「うん、分かった。わたしもエレン王女も頑張るから、みんなも頑張って」

　胸が熱くなってくるのを感じながらレティは言った。

　でもこれだけでは足りない。もっと他にみんなを励《はげ》ますことのできる言葉はないだろうかと必死に考え、こう言い添えた。

「あのね、王女は城に残るあなたたちの言葉を聞けば、とっても勇気づけられるわ。胸が熱くなって、感謝すると思う。みんなに愛されてると分かるから。それから王女は必ずこう祈るわ。城に残ったみんなが、無事でいますようにって。だから王女が戻ったときに、全員無事で迎えてあげられるようにして。どうかみんな、気を付けてね」

　ひとりひとりの顔を見回したあと、レティは部屋を出た。

　采配人についていき台所に滑《すべ》り込んだあとは、自分の身代わりになった少女と隣り合って無言でジャガイモの皮を剝《む》いた。ときおりシードランドの兵士が見回りに来るため、お喋《しゃべ》りはできなかった。

二十個ほどジャガイモの皮を剝いたあとで今度はタマネギの皮剝きと刻《きざ》みを任され、ぼろぼろと涙をこぼしながら進めた。

一時間ほどして皮を剝いたり刻んだりが終わると、レティたちの仕事はなくなった。手持ちぶさたから台所の床を掃《は》いていると、またシードランドの兵士がやってきた。レティたち臨時雇《やと》いの者を集めて一列に並ばせると城の外まで引率《いんそつ》し、驚いたことに半銅貨一枚ずつを渡して帰らせた。

額としては一食分のパン代にしかならないが、シードランド兵がちゃんと支払いを行ったことにはだれもが驚いていた。もっとも賃金の出所は強奪《ごうだつ》したグランドリュンの国庫《こっこ》からかもしれないが。

臨時雇いたちはぞろぞろとひとかたまりになって通用門を出た。レティもその中に混じって門を出る。

その一瞬、お城をふり返ったのは、しばらくの間はもう見ることも叶《かな》わないだろうという予感が働いたからだ。

(だけど必ず帰ってくる。帰ってこなくちゃ。お城のみんなのためにも……)

城の前の広場はもうまばらな人影しかなかった。昼間集まっていた人々も、自分の仕事をしに家に戻ったのだろう。時間はもう夕方近い。太陽もすでに傾いている。

固まって出てきた一団がばらけていく中、レティはジェストたちを捜してきょろきょろと辺りを見回した。

「レティ！　こっちだ」

声の飛んできた方を見ると、向かいの建物の角《かど》からジェストが手を振っていた。

「ジェスト！」

「よかった。無事に戻ってきてくれて……。気が気じゃなかったぞ」

駆けよったレティをジェストは安堵《あんど》のあまりかぎゅっと抱きしめて、すぐに離した。

「ごめんなさい心配かけて。でも無事よ。お城の中のことも色々分かったし。ファイラスはどこ？」

「安全な場所で待ってる。やっぱりあの外見は目立つからな。そこへ行って話そう」

ジェストはレティの手を取ると急いでファイラスの待つ場所へと歩いた。

「――と、その前に」

建物をひとつ分歩いたところでジェストは急に足を止めた。レティは背中におでこをぶつけてしまう。

「いたた。なによジェスト」

「悪い、けど手紙見せるの忘れてた。ほらこれ」

ジェストが差し出したのは昼間メイド頭《がしら》のルチアーナが預かってきてくれたチェインバース伯爵《はくしゃく》夫人の手紙だった。一度ジェストたちが読んだので封が開けられていたが、中には丁寧《ていねい》にたたまれた紙が入っていた。

そこには簡潔な文章が並《あ》んでいた。

最初にジェストに宛てた文で、騎士として立派にグランドリュン王国を守ること。誇りを持った行動をしてほしいこと。そして母親らしく身体《からだ》に注意することや、無茶をしないようにと書かれていた。

手紙を読みすすめていたレティは、最後に「追伸《ついしん》」として書き添えられた言葉を読んではっと息を呑《の》んだ。

そこには、「レティーシュは自分の育てた大事な娘であり、何があっても母としてあなたを守る」と書いてあった。

レティがエレン王女だと直接示すような記述はどこにもない。けれど、レティがそれを知ったことを考え、慎重に言葉を選び、レティが決してひとりではないことを伝えてくれる手紙だった。

（お母様はわたしのこと、いまも娘と思ってくれている……）

レティは手紙を胸に抱きしめ、浮かんできた涙はまばたきで隠した。

「ありがと、見せてくれて。さあ、このままファイラスの所へ急ぎましょ」

ジェストに案内されたのは、レティも知っている場所だった。昼前来たときに馬を預かってもらった街はずれの宿屋の馬屋の中だ。

確かにここならば馬の目はあっても人の目はない。なかなかよい隠れ場所に思えた。

ファイラスはそこで藁《わら》の山の上に毛布を敷き、気むずかしい青鹿毛《あおかげ》のピエッタのそばに寝転んでいた。

レティたちが小屋に入るとピエッタが鼻先でファイラスをつついた。立ちあがったファイラスはそこで大きく伸びをした。

「眠っていたの？」

「油断するなよ」

レティとジェストが同時に言う。

「昨日眠れなかった分を取り戻してた。平気だよ、だれか来たらいまみたいにピエッタが起こしてくれる。賢《かしこ》いんだ、この子は」

そう言って雌馬《めすうま》の鼻先を優しく撫《な》でる。金髪のかつらを被《かぶ》っているが、いまのように優しい目でいると、ファイラスはレティの覚えているエレン王女そのものに見えた。

「レティが城の中にいたってのに、よく寝てられたなぁ」

ジェストが半分呆《あき》れて言う。

「そりゃ最初は心配で気が気じゃなかったけど、レティは馬鹿な子じゃない。ましてや自分のほんとうの身分を知ったんだ、危ないことはしないと信じていたよ」

ファイラスはにっこりとレティに微笑《ほほえ》んだ。

「じゃあレティ、城の中で何を見てきたのか、俺たちに話してくれ」

ジェストに促《うなが》され、レティはひとつ頷《うなず》くと、城で見たこと聞いたことをふたりに話した。

床や壁に残った戦いの痕跡《こんせき》やエドウィーやレディ・アンジェラ、隻眼《せきがん》のゼレオン将軍に会ったことを告げると、ファイラスもジェストも揃《そろ》って顔を厳しくした。しかし話が侍女《じじょ》たちとのやりとりにうつると、ふたりともやはり神妙《しんみょう》な表情になった。

「みんな、エレン王女の帰りを待ち望んでた。それが希望なんだって」

「ああ。それはそうだろうね。……念のために聞くけど、自分がエレン王女だってことはそこで言わなかっただろうね、レティ」

ファイラスの問いにレティは「当然よ」と答えた。

「だいいち言っても信じないわよ。わたしとエレン王女はまるっきり姿が違うんだもん」

「いまはね。よし、城にダグラスもアルフリートもいないと分かったんだ。すぐに魔女の森へ出発しよう。ふたりともきっとそこにいると思う。レティの魔法も解《と》かなくちゃいけないしさっき馬屋にきた旅人の話だと、シードランドの兵士が街道を見張り始めてるって。街への出入りも制限するって噂《うわさ》がたってる」

それを聞いてレティたちは手早く出発の準備を始めた。

「敵の総大将《そうだいしょう》はゼレオン将軍か……名前だけは聞いたことがあるな」

馬の背に鞍《くら》を乗せながらジェストがこぼす。

この隻眼《せきがん》の将軍についてはファイラスもジェストもそう詳《くわ》しくは知らなかった。

「たしか、数年前にシードランドへやってきた人物だったかな。あっという間にいまの地位まで上りつめた、相当の切れ者らしい。冷酷《れいこく》な男だとも聞いたな」

「だったらレティの話と合致《がっち》するね、ジェスト。その男とレディ・アンジェラが親しいわけか……。これは注意するべきだな」

ふたりは意見を交わし合い、大きく頷《うなず》いた。

出発の支度《したく》ができるとレティはファイラスと共にピエッタに乗った。

馬屋の外へ出てレティが鞍の上に乗ると、前に座ったファイラスが横顔を見せながら言った。

「昼間、僕を庇《かば》ってくれたでしょ。ありがとうレティ」

城の通用門の前での臨時雇《やと》いを決めた騒ぎのことを言っているのだと分かった。レティが臨時雇いとして城に行くよう言われた時、それを止めようとファイラスが兵士らの前に飛び出しかけるのを見て、レティは自分から進んで城へ行くと言ったのだ。もしもファイラスの顔がはっきりと見られてしまったらエレン王女として捕《つか》まえられてしまう。捕まったらどんな目に遭《あ》わされるかしれないと考えたのだ。

そして城でエドウィーの話を聞いたいまとなっては、あの時の自分の行動が正しかったことが分かる。ゼレオン将軍はエレン王女を亡き者にしようと考えていたのだ。

「当然よ。ふたりとも大切な人だもの」

レティが言うとファイラスは笑みを深くし、「摑《つか》まって」と声をかけてピエッタを走らせた。

＊　　＊

レティたちが馬を駆っていた頃。

城の中では華《はな》やかな晩餐会《ばんさんかい》が行われようとしていた。

真の王位継承者《おういけいしょうしゃ》エドウィーが城へ戻ったことを祝うため――主催者側からの招待状によると――だった。

レディ・アンジェラは身支度《みじたく》を終えて大きな鏡の前で最後の点検をしていた。

大きく裾《すそ》の広がった濃紺《のうこん》のドレスに、首元から胸元へ蜘蛛《くも》の巣のように広がる豪華な真珠《しんじゅ》のネックレスを着けている。高く結《ゆ》いあげられた髪は左の一房《ひとふさ》だけ、ゆるゆるとカールしながら背中へと落ちている。髪には宝石のついた小ぶりのティアラが乗せられ、指には瞳の色と同じ大粒のエメラルドの指輪がはめられている。胸元も背中も女性の美を強調するように大きく開いていたが、白い肌ののぞくところには慎《つつし》み深く二重のレースが覆《おお》い、加えて真っ白い毛皮の短いマントが肩と背中を包んでいた。

　彼女が自分のために選んだ部屋は、当然のごとく亡き王妃の使っていた部屋だった。長年閉ざされていたが、レディ・アンジェラは城に入った際にまっすぐにこの部屋を目指し、自分用に整えるよう侍女《じじょ》たちに命じたのだ。

　豪華な黄金の縁飾《ふちかざ》りのついた等身大の鏡の中に満足げに微笑《ほほえ》みかけ、レディ・アンジェラは鏡越しに話しかけた。

「どうかしら、将軍。わたくしの出《い》で立《た》ちは。若き王の母に相応《ふさわ》しい?」

「すばらしいね。月の女王のようだ、レディ・アンジェラ」

　うしろの長椅子《ながいす》に座っていた隻眼《せきがん》の将軍は、男らしい精悍《せいかん》な顔立ちに笑みを浮かべる。

　と、鏡の中の女が目を細めた。

「女王では困るわ。若き王を支える賢《かしこ》き王母《おうぼ》でなくちゃ」

「ではそのマントをとって肩をお見せなさい」

　そっけなく言うゼレオンへ、レディ・アンジェラは鼻先で笑ってみせた。

「ますます扇情的《せんじょうてき》な女にしてどうするの」

「男が喜ぶでしょう」

「あなた以外のね」

　ゼレオンはただ肩をすくめた。

「とにかく肩と左の背中をお見せなさい」

レディ・アンジェラはさっと顔をこわばらせた。ゼレオンをふり向き、きつい目で睨《にら》む。

「あなた、わたくしに肩をさらせというの？　罪人の証《あかし》の焼《や》き印《いん》のある肩を」

「見せつけてやればよい。悲劇に耐えた証《あかし》として。それを見れば、みな痛々しさを覚える。無実《むじつ》の罪を着せられたあなたの過酷《かこく》な運命に思いを馳《は》せる。グランドリュンを手に入れたいのでしょう？」

「ひどい男、ほんとうに。さすがは冷血非道《れいけつひどう》と評判の将軍ね。女が気にしてる傷痕《きずあと》をさらせだなんて」

「無理にとは言いませんが。嫌ならやめればいい」

「嫌よ。でも、やるわ。この刻印は憎くて仕方なかったけれど、確かにそういう使い道もあるわね。そう考えると愛《いと》おしく見えてくる」

左の肩を撫《な》でるレディ・アンジェラにゼレオンはひそやかに笑った。

「いいわ、着替えにまた三十分はかかるけれど、そのへんはあなたが何とかしてちょうだい」

言い出したのはあなたなんだからと言外《げんがい》に含ませ、レディ・アンジェラはまた着替えのために奥の部屋へ歩き出した。

その背中にゼレオンは声をかけた。

「では、あなたの高潔《こうけつ》な決断に酬《むく》いる良い知らせをひとつ。あなたの仰《おっしゃ》った例の誓約書《せいやくしょ》はまだ見つかりませんが、書類を探るうちにひとつキーワードが得られましたよ。例の北の魔女が、暗殺を生き延びたエレン王女の育成に深く関わっているらしい」

レディ・アンジェラはゼレオンをふり返った。ゼレオンは何も言わず、一礼して部屋を出て行った。

次にやってきたのはエドウィーだった。着替えを隠す衝立越《ついたてご》しに声をかける。

「母上、お支度《したく》は?」

「全部用意はできていたわ。五分前だったら。待ってちょうだいねエドウィー。ドレスを着替えているの。将軍はもっと肩を見せろって」

衝立越しに聞こえてくる母の声にエドウィーは眉《まゆ》をひそめた。

「……母上、お気を付けください。母上はあの者と親しすぎる。おかしな噂《うわさ》が立つかもしれません」

レディ・アンジェラはクスクスと笑った。

「バカを仰《おつしや》い。心配はいりません。彼があなたの父親を気取ることは決してありません」

「分かっています。……いまの僕の世話係は昔あいつの小姓《こしよう》をしていましたから」

「あら、そうだったわ、忘れていたわ。あの金髪の可愛《かわい》い子ね。とにかく、わたくしのことは心配しないで。あなたは王座に座ることだけを考えていればいいのよエドウィー」

エドウィーは母親の上機嫌な声にさからわなかった。

やがて衝立《ついたて》の向こうから姿を現した母親を見て、エドウィーは大きく目を見開いた。

肩を落としたデザインのドレスは背中側も大胆《だいたん》に開いており、そこに紛《まぎ》れもない罪人の焼《や》き印《いん》が見えたのだ。悪魔の印として押された、コウモリの翼とそれを貫《つらぬ》く槍《やり》の刻印が。

「さあ、母の手を取って。わたくしの王様」

息子の驚いた顔を楽しむようにくすくすと笑い、レディ・アンジェラは手を差し出した。

＊　　＊

レティは馬の上で大きく伸びをして、こわばった身体《からだ》をほぐした。

夜のうちに進めるだけ進んだあと、魔女の森までもう一息というところでつかの間の眠りをとり、今朝《けさ》は日の出前に出発した。

まわりは日が昇る前の薄ぼんやりした光に包まれている。薄い霧《きり》が足元に漂《ただよ》い、レティや馬の息も白く見えた。

「あそこに見えているのが魔女の森ね」

目の前の霧越しに広がる鬱蒼《うっそう》とした森を見つめてレティは言った。

「ああ、その始まりだ。進んでいくと方向の分からなくなるような奇妙な感覚に落ちて、正式にはそこからが魔女の森になるんだ」

「詳《くわ》しいのね。ジェストも来たことがあるの？」

「いいや。俺はまだ来たことがない。兄上たちはファイラスと何度か来ているはずだ。それとレティもな」

「わたしも？　覚えてないわ」

「当然だよ。ここにまつわるレティの記憶は、まだ封印《ふういん》されてるんだから」

ファイラスはほがらかに答えた。

道を進むうちに、やがてレティは軽い目眩《めまい》を感じるようになっていた。まわりの景色がグルグルと回り、押しよせてきたり離れていったりするように感じるのだ。風のざわめきが足元で聞こえるような気になったり、蹄《ひづめ》の音が頭上から聞こえてきたりするのだ。

「はじまったな。魔女の森へ入った」

「どうしてこんな仕掛けなの？」

気持ち悪くなるのを堪《こら》えながらレティが聞いた。

「〝ふるい〟と一緒だよ。コレを乗り越える決意のある者のみ魔女に会えるんだ」

目眩を抱えたまま三十分ほど進み、レティたちはやっと感覚の異常から解放された。

ほっと息をついたその目の前に――。

ヒュンッと空気を切る音がして、レティたちの横の木に深々と矢が突き刺さった。

ジェストはすぐさま矢の飛んできた方へ馬首《ばしゅ》を向け、流れるような動作で腰の剣を抜いた。

「だれだ！」

「命の恩人だ。それ以上進むとひどい罠《わな》にかかるぞジェスト」

弾《はず》むような声が横手の森から聞こえた。

「この声……アルフリート兄さん!?」

ファイラスのうしろでレティが横に身を乗り出す。

三人の目の前に、茂みを揺らして現れたのはチェインバース家の次男、アルフリートだった。明るいスミレ色の瞳が、弟たちを見て、さらにレティを見て嬉《うれ》しそうに輝く。

「魔女の水晶で無事は分かっていたけれど、この目で姿を見ることができてほんとうに嬉しいよ、レティ……エレン王女」

アルフリートに『エレン王女』と呼びかけられて、どう答えていいのかレティが迷っていると当人もそれに気付いて苦笑した。

「ごめんね。まだ慣れてないか。とにかく魔女の館《やかた》へ行こう。ダグラスもそこにいる」

アルフリートの案内で、レティたちは森の中の細い道を通り、彼の言う『ひどい罠』にかかることもなく目指す魔女の館に着くことができた。

そこは奥深い森の中に建つとは信じられない立派な家だった。二階建ての建物の正面に丸い塔がたち、一階部分が玄関で、棟《むね》が左右に伸びていた。赤褐色《せきかっしょく》の屋根に白い壁の、南部地方の様式の家だ。

なにか信じられない気持ちで馬を下り、レティたちは玄関をくぐった。

「魔女の森の館へようこそ。まことのエレン王女と偽《いつわ》りのエレン王女」

声は頭上の階段から聞こえてきた。

そちらを見あげたレティは大きく息を呑《の》んだ。

長い黒檀《こくたん》の髪に月の女神のような美貌《びぼう》。そして何よりあの緑色の瞳は――。

「あなたは、レディ・アンジェラ……！」

第五章　真実の姿

「いま、レディ・アンジェラと言ったの？」

階段を下りてきた魔女は言った。

長く豊かな黒髪を、結《ゆ》ったりせずに少女のように背中に垂らしている。服は館《やかた》の外に広がる森と同じ深い緑色で、裾《すそ》は膨《ふく》らまず、レティが夜に着るナイトガウンのようにすとんと下に落ちていた。額《ひたい》には蔓《つる》のようにうねる華奢《きゃしゃ》な銀のサークレットをはめており、真ん中には星の浮かぶ青玉《せいぎょく》がはめ込まれていた。

魔女はレティの前に立つと、かすかに眉《まゆ》をひそめた。

「おかしいわね、たとえ私に魔法をかけられる前にアンジェラと会っていたとしても、あなたが覚えているはずがないのに……。ひょっとして会ってきたの？　彼女に」

落ち着いた声を聞くうちにレティは突然気付いた。

「あなたは……レディ・アンジェラではないのね？」

よくよく見ると、目の色が違った。同じ緑でももっと明るい初夏の若葉のような色だ。それにレディ・アンジェラはそれこそ少女のようにも見えたが、目の前の魔女はそこまで若く見えない。美しい顔だが、口元にはわずかにたるみが見える。

魔女はレティに静かに頷《うなず》いた。

「ええ。違うわ。……あの子はいま頃あなたの城で、やっと手に入った女主《おんなあるじ》の座を満喫《まんきつ》しているはずよ」

レティはおずおずと聞いた。

「あなたは……だれなんですか？」

「魔女ノーラ。三国《さんごく》にまたがる森の主。森の魔女。前王の願いで幼いあなたに魔法をかけた者よ。二階の居間へいらっしゃい。そこですべて話してあげるわ」

魔女ノーラは白い手でレティの手を取ると、緩《ゆる》やかな螺旋《らせん》を描く階段を上り始めた。レティはふしぎな気持ちでついていった。うしろからジェストたちも上ってくる。

魔女の手は思いのほか温かかった。城で見たレディ・アンジェラの手も白かったが、魔女の手にはレディ・アンジェラにはない優しさが感じられた。爪を淡い緑に染めており、ドレスからも気持ちのよい薬草の香りがした。絶対に蝶《ちょう》を握りつぶすようなことのない手だと思った。

魔女は二階へ上がると一番手前の扉を開けてレティを招いた。

「どうぞお入りなさい。あなたの会いたい人がいるわ」

中を覗《のぞ》いたレティはぱっと顔を輝かせた。

「ダグラス兄様――！」

窓辺に佇《たたず》んでいたのはチェインバース家の長男ダグラスだった。レティはすかさず駆けより大好きな兄に抱きついた。そのとたん、ダグラスが顔をしかめて呻《うめ》く。レティは慌《あわ》てて身体《からだ》を離した。

「怪我《けが》をしてるのね。ひどいの？」

ダグラスの身体のあちこちを確かめる。

「大したことない。みんなかすり傷だ。それよりも本来なら四人でお守りしてここへ来るはずだったのに。申しわけなかったね」

前と同じようにダグラスはレティの髪を撫《な》でた。上げた手の袖口《そでぐち》から白い包帯が覗き、レティは泣きそうになった。

「そんなこと、いいの。ダグラス兄様やアルフリート兄様と会えただけで嬉《うれ》しい」

ダグラスは舞踏会《ぶとうかい》の朝に会った時のように優しく笑った。……あの日、舞踏会の夜、綺麗《きれい》なドレスを身に着けてダグラスに見せにいったことが、ずいぶん昔のように思える。

遅れて入ってきたジェストやファイラスも、長兄《ちょうけい》の姿を見てほっとした顔になった。気付いたダグラスが声をかける。

「ジェスト、ファイラス。ここまで無事にレティを連れてきてくれて感謝する。ふたりだけでよくやったな」

手放しで誉《ほ》められてジェストは誇らしげに顔を上げた。が、照れくさいのか、すぐに肩をすくめて言った。

「ほんと大変だった、レティがお転婆《てんば》でさ。兄貴たちのことをすげえ心配して、城の中まで探しにいっちゃったんだぜ」

「なんだって」

聞いたダグラスとアルフリートは血相《けっそう》を変えた。

「ほんとうなのかレティ」

「おまえたちがついていながら、止めなかったのかっ！」

「えっ、違うの違うの。ふたりは悪くなくて、あれは偶然そうなっちゃって……んもう、ジェスト、話を端折《はしょ》りすぎよ！」

レティが慌てて言い訳する。そこへ魔女が声をかけた。

「私の水晶玉でもそこまでは分からなかったわ。まずはあなたたちの話を聞くことが先のようね」

魔女に促《うなが》され、レティたちはそれぞれ居間のソファや隅《すみ》の椅子《いす》に腰を下ろした。部屋の中は落ち着いた雰囲気《ふんいき》で、調度品《ちょうどひん》も飾り彫りや寄《よ》せ木細工《ぎざいく》のものが集められており、裕福な民家と変わりなかった。唯一《ゆいいつ》魔女の屋敷らしいと思ったのは、壁の四方に飾られた鏡だ。染料で黒く塗りつぶされており、そこには何も映していない。

隅《すみ》のワゴンにすでにお茶の用意をしてあって、魔女自《みずか》らが爽《さわ》やかな香りのハーブティーを皆に淹《い》れた。

レティはそれをすすりながら、いままでの自分たちの行動を話すファイラスの言葉に耳を傾けていた。

城の抜け道を通って脱出した直後からをファイラスは簡潔に、しかし大事なところはひとつも飛ばさないで話していった。隠《かく》れ家《が》に逃げ込んだものの、シードランドの兵士らが城で重大な発表があると言いまわっているのを聞き、真相を確かめに行ったこと。城壁に立つレディ・アンジェラの息子エドウィーを見てその宣言を聞いたこと。城の前の広場でチェインバース家のメイド頭《がしら》ルチアーナに会ったことや、彼女から母親の綴《つづ》った手紙をもらったことも省略せずに話した。もちろんその後、レティが臨時の下働きとして城の中へ連れていかれたことも話した。そのあとはレティが引き継いで話した。

「わたし最初は床磨《ゆかみが》きをしていたんだけど……血で汚れていたから。でも途中で台所に呼ばれて……」

城の中でエドウィーやレディ・アンジェラに会ったこと、シードランドの将軍、隻眼《せきがん》のゼレオンに遭遇《そうぐう》したことも隠さずに伝えた。特にエドウィーとの会話は思い出せるかぎり詳《くわ》しく話し、城の侍女《じじょ》たちに会えたことも話した。

レティの話を聞き終えると、ダグラスもアルフリートも複雑な顔をしながら揃《そろ》って長い息を吐いた。

「よく無事にすんだものだな。しかたのなかったこととはいえ」

「ごめんなさい……」

ふたりの顔を見てレティは身体《からだ》を小さくして謝《あやま》った。

「三人とも、これからはもう少し慎重に行動してくれよ。そもそも城の広場にも行くべきじゃなかったたな」

アルフリートが言うとジェストが反論した。

「でも、あの時は少しでも情報が必要だったんだ。兄貴たちからは連絡のひとつもないしさ」

「ほー。私たちがいなければ、馬の進む方向も決められないのか？　そんな鍛《きた》え方《かた》をした覚えはないがな、ジェスト、ファイラス。言ったはずだ、レティを守ることに命をかけろと。万一の場合には自分の……」

「その辺にしておけアルフリート。ふたりとも充分わかってる。あの状況下でよくやった。こちらも下手《へた》を打ったのは事実なんだ」

「でもふたりがレティを危険な目に遭《あ》わせたのも事実だ」

「アルフリート。それ以上言うと、おまえが皆を心配して窓辺を何度往復したか、その間じゅう何を口走っていたか、全部話すぞ」

ダグラスに言われてアルフリートは、うっと言葉に詰まった。頬《ほお》を赤らめはしなかったが、そっぽを向いて、口の中でブツブツと「裏切り者」とかなんとかつぶやく。

ダグラスは苦笑してすぐ下の弟の腕をポンポンと叩いた。

「おまえも他に言うことがあるんだろ。レティを守って連れてきたふたりに」

「……ああ、まあ……よくやったな。ふたりとも」

先ほどまでとはうって変わった温かなまなざしでアルフリートは弟たちを見た。

「ねえ、今度はふたりのことを話して」

レティが聞くと、ふたりともあまり話すことはないと前置きし、そのとおり言葉少なく城での戦闘後脱出してこの魔女の森までまっすぐにやってきたことを告げた。レティが城で見てきたとおり戦いではかなりの血が流れたはずだが、ダグラスは血なまぐさい描写《びょうしゃ》はわざと省《はぶ》いた。

一度だけアルフリートが口を挟《はさ》んだが、それはダグラスが負傷したところで、原因は逃げ遅れた侍女《じじょ》や重傷を負った兵士らを助けてのことだと話した。

「どうやらお互いの空白の時間は埋《う》められたようね」

それまで沈黙を守っていた魔女ノーラがおもむろに口を開いた。

「はい。お時間をくださってありがとうございます、ノーラ」

「あのう、あなたのお話も聞かせていただけますか。どうしてあなたとレディ・アンジェラ

がそんなに似ているのか」

　ダグラスの礼の言葉に続いて、レティがおずおずと魔女に話しかけた。

「ええ、その約束でしたね、レティーシュ。……このことは意図《いと》的に隠されていました。知っているのは四人だけ。あなたのお祖父様《じいさま》であるウィーレン王とその兄上のエドウィー様、いまもご存命《ぞんめい》のあなたのお祖母様《ばあさま》のマグレイア様、そしてあなたたち四人のお父上チェインバース伯爵《はくしゃく》です。私とレディ・アンジェラがなぜ似ているのか。それはレディ・アンジェラが私の血縁者だからです。彼女の母親アンナは、私の従姉《いとこ》なのです」

　魔女ノーラの告白に、レティたちは大きく目を見開いた。

「――私とアンナは古い魔女の家系に生まれました。その血は、女たちによって代々受け継《つ》がれ、強い魔女の力を持つ者は尊敬をうけていました。私たちの家系では魔女になるということは誇らしいことです。最も強い力の持ち主は、この森の魔女の跡目《あとめ》を継ぐ者となりますから。家系に連なる少女たちは準備のできた歳《とし》になると、魔女の素質があるかどうかを見《み》極《きわ》めるために、魔女のもとへ行って修行をするのが決まりでした」

　魔女は静かな声で淡々《たんたん》と過去を語った。

　ノーラとアンナは同時期に魔女のもとで修行を積み、自然と親しくなっていった。その時期、ふたりの他に候補者がいなかったことも少女たちを強く結びつけた。しかし、基礎の修行が終わった頃、ふたりに別れがきた。アンナに魔女の力は現れなかったのだ。

「アンナは二年学んだだけで家に帰されました。魔女になりそこねたアンナは家族に落胆《らくたん》をもって迎えられました」

その後間もなくしてアンナは家を出た。家族の冷ややかな態度に耐えきれなくなったのだ。そして魔女のもとで学んだ薬草の知識をつかい、グランドリュンの片田舎《かたいなか》で薬師《くすし》を始めた。そこへ当時の王の兄エドウィー、つまりレディ・アンジェラの父親となる男がやってきたのだ。

「アンナは薬師としての腕は良かったので、エドウィー様の治療を頼まれました。そうしてお世話をするうちに、ふたりは恋に落ちたのです。病弱で王の務めをまっとうできなかった孤独なエドウィー様と、魔女の血を持っているのに力がなく役立たずと陰口《かげぐち》をたたかれたアンナ。魂《たましい》が惹《ひ》かれあったのでしょうね。それだけなら、だれも責めることはできなかったのに……」

しかし、エドウィーはアンナを正式な妻にすると言い出した。身分違いとアンナが魔女の家系ということで周囲は猛反対した。万一男子が生まれれば、王位を巡《めぐ》って争いが起きることは目に見えていた。

「けれど兄想いのウィーレン王はふたりを祝福したかった。ふたりに会い、心からの恋人同士であると分かったからです。そこで兄弟は、ある誓約書《せいやくしょ》を作りました」

魔女はここで言葉を止めた。

ダグラスが怪訝《けげん》そうに魔女を見る。

「そこにはなんと?」

魔女は首を横に振った。

「言えません。私と伯爵《はくしゃく》は証人として立ち会いましたが、内容については、ウィーレン王とエドウィー様それぞれの後継者にしか伝えることはできません」

「じゃあ、レティになら話せるんだ?」

腕組みをしたファイラスが魔女に聞く。レティは驚いてファイラスを見て、それから魔女に視線を移した。

魔女はレティをしっかりと見たまま、再び「いいえ」と首を振った。

「そりゃどういうことだ。レティはれっきとしたウィーレン王の孫だぞ」

ジェストがいきり立つ。しかし魔女はそちらを見ようともせず、じっとレティだけを見つめていた。

レティはその目を、城で会った時のレディ・アンジェラと同じだと感じた。心の中を見透《みす》かすような目だ。けれどふしぎと不快感はない。ただ問いかけられているのだ。

《あなたはだれ?》と。

レティは自分でも気付かぬうちに答えていた。

「わたしは、だれ? わたしは……レティ……。チェインバース家の末っ子。……でも、みんなはわたしこそが本物のエレン王女だと言ったわ……」

——あなたはだれ？

もう一度魔女が尋ねた。声ではなくまなざしで。

レティは魔女の瞳に包まれて、自分の気持ちがどんどん暴《あば》かれていく気がした。

その中心にあるのは揺らぐ心だ。

レティとして育ってきた自分。けれどそれは偽《いつわ》りで、ほんとうはエレン王女だという。大好きな兄たちがそう言う。

だから自分もそうだと納得するしかなかった。

でもそれは頭の中だけで、心は別だった。どうしても自分がエレン王女だとは受け入れられなかった。大好きな兄たちが、もう家族でなくなってしまう。いままで両親と信じてきたチェインバース伯爵夫妻が、ただの他人になってしまう。変わってしまうのだ、何もかも。

そんなことは嫌だった。それに……。

ふと気付くと魔女ノーラが目の前にひざまずき、レティの手を自分の手で優しく包んでいた。まなざしには思いやりがあふれている。

「すこしレティーシュとふたりだけで話がしたいわ。部屋を出て頂ける？」

魔女はちらりとダグラスを見た。四兄弟は顔を見合わせて頷《うなず》くと、ダグラスを先頭に部屋を出て行った。

部屋にレティとふたりきりになると、魔女はまた口を開いた。

「あなたたちがこの森に来たのは、あなたの魔法を解《と》いて真の姿に戻すため。そう言われて来たのよね？」

レティはこくりと頷《うなず》いた。

「でも、自分がエレン王女だということをまだ心が受け入れていないのね」

レティはまたもや頷いた。

「……急なことだったものね。けれど、どうか受け入れてちょうだい。あなたとファイラスにかけた魔法は十年におよびます。色々と無理が重なっているの。それをいまはすべてファイラスが受けとめています。かれの身体《からだ》に負荷《ふか》がかかっているの。ファイラスとジェストは双子だけれど、背の高さも体格も違うでしょう？　エレン王女のふりをするためにそれだけ成長を押しとどめてきたの」

魔女に指摘されてレティはあっと声を上げた。

「それともうひとつ。さっき話した誓約書《せいやくしょ》のことよ。私は真のエレン王女にそのことを伝えなければならないの。でなければ秘密を知るレディ・アンジェラに悪用されてしまうかもしれない。無理強《じ》いはできないけれど、いまあなたが決心してくれることを願うわ」

レティはうつむいて、膝頭《ひざがしら》に置いた手でぎゅっとスカートを握りしめた。

沈黙は長くはなかった。レティは顔を上げるときっぱりと言った。

「わたし、やります」

レティとファイラスは魔女の屋敷の一階の、魔法の間《ま》と呼ばれる部屋に来ていた。寄せあった椅子《いす》に並んで座り、魔女はその前に立った。脇《わき》のテーブルにはラベンダーの香りのお香《こう》が焚《た》かれている。床には複雑な模様の絡《から》まった魔法陣《まほうじん》が描かれており、レティには読めない魔法文字で幾《いく》つかの文が書き込まれていた。

「身体を楽にして。椅子に寄りかかって。目を閉じて……眠りに導く薬を額《ひたい》とあごに塗るわね」

魔女の声が優しく言う。眼を閉じていたレティは魔女の指が額に触れると、思わず目を開けて聞いた。

「ね、思い出したら、忘れてしまうの？　みんなのこと」

小さな震えるような声だった。魔女は微笑《ほほえ》んだ。

「いいえ。ただ、いままで封じられていた扉が開くだけ。安心して。だれもあなたを悲しませようとは思っていないから。さあ、目を閉じて……眠って……眠って……」

魔女の声がこだまのように耳に響く。その声に導かれるようにレティは眠りに落ちていった。

気が付くとレティは薄暗い闇《やみ》の中にぼんやりと立っていた。まわりにはだれもいない。すこし離れたところに姿見《すがたみ》の鏡がぽつんとあるきりだ。レティはそこまで歩いていき、鏡の中の自分を見た。硬い焦《こ》げ茶《ちゃ》の髪と茶色の目。いつももうすこし違っていたらと嘆《なげ》いたなじみ深い姿。ぱっとしないレティの姿。

……これが変わってしまうのだ。

レティは思わずつぶやいた。

「こわい」

「だいじょうぶ」

すぐに返事が聞こえた。優しいファイラスの声だ。

「こわいのは全部僕が受け持つから、だいじょうぶ」

鏡の中にファイラスの姿が見えた。レティはファイラスに触れようと手を上げた。同時にファイラスも手を上げる。

レティの左手とファイラスの右手が合わさる。間に立ちふさがる冷たい扉が、ただのガラスなのか鏡なのか分からなくなってきた。

ファイラスの姿に自分の姿がだぶる。茶色い髪のレティがだんだんと銀の髪のエレン王女に変わっていく。

ファイラスの目は静かにレティを見ていた。顔はいつもどおりすこし微笑《ほほえ》んでいる。

「だいじょうぶ。レティが強い子なのは僕が知ってる。僕が預かっていたきみの姿を返すよ。怖くないよ。レティがずっと見ていたエレン王女の姿なんだから」

　ファイラスが優しく笑う。レティは咄嗟《とっさ》に聞いた。

「ファイラスは怖くなかったの？　自分の姿が変わる時に……まだたった六歳だったのに」

「ほんとうを言うとね、すこしだけ怖かった。でも、もっと小さくて可愛《かわい》いエレン王女を守るためだったから、なんてことなかった。僕は、僕たちはエレン王女の騎士だからね」

　誇らしげに語るファイラス。レティはその中にアルフリートとよく似た金髪をした、ほんとうのファイラスをみつけた。女の子のように華奢《きゃしゃ》ではない、少年の姿のファイラスだ。

（返してあげなくちゃいけない……）

　レティは強く思った。

　ファイラスにかれの真実の姿を返すのだ。エレン王女が、自分の真の姿というなら、それを受け入れなくちゃいけない。だいじょうぶ。

　怖くない。

　わたしの大好きなエレン王女なんだもの。

　だいじょうぶ。

　みんなが変わらずにいてくれるもの。

　レティはもう一方の手も鏡に添わせた。ファイラスも同じように手を上げる。鏡越しに手が重なる。

ファイラスの身体《からだ》が滲《にじ》み始めた。そこにエレン王女の姿だけが映る。

レティは目をしばたたいた。

銀色の髪に神秘的な緑の瞳。でも顔立ちはレティの見知ったエレン王女とは少し違う。もっとなじみ深い顔……。

(わたし……。わたしなんだわ、このエレン王女は)

鏡の奥で扉が開くのが見えた。

そこから光が洪水《こうずい》のようにあふれ出す。光の渦《うず》に飲まれながら、レティはいままで自分の気付かなかった記憶の扉が、次々と開いていくのを感じた。

小さな女の子が飛び出してきた。銀色の髪の幼いエレン王女。走っていく姿が高く抱きかかえられ、エレン王女は笑い声を上げた。

自分を抱き上げる強く大きな手。見おろした先に優しいまなざしの銀色の髪の人がいる。

(わたし、知ってる。この人を知ってる。この感触を知ってる。抱き上げられているのはわたし。抱き上げているのは………お父様)

胸が熱くなった。

気が付くとレティは——エレン王女は地面に下ろされていた。

そこへフワリと髪に触れる手を感じた。柔らかくてすべすべした手がおでこを、頬《ほお》を撫《な》でていく。

レティはその手を握って幸せな気分になる。いい匂《にお》いがする。これはお母様の手。大好きなお母様。摑《つか》んだ手を伝うようにして見あげると、そこにやはり星のように輝く顔があった。

ふっと気になってうしろをふり返るとファイラスがいた。エレン王女ではない男の子の格《かっ》好《こう》のファイラス。笑顔で手を振っている。横にはジェストやアルフリートやダグラスも並んでいる。もっとうしろには優しく見守るチェインバース伯爵《はくしゃく》夫妻も見えた。十年間、自分をほんとうの家族のように愛し、慈《いつく》しんでくれた人々。

もう一度前を向くと、そこには変わらず手を繋《つな》いだままのお母様がいる。暖かな春の空気のように抱きしめてくれる。大好きな大好きなお母様。

レティはにっこりと微笑《ほほえ》んだ。

なんだ、ひとつも怖くなんてない。

大好きな人たちのことを思い出しただけ。

幸せな気持ちが増えていくだけ……。


「レティ、笑ってる」

魔法の儀式《ぎしき》が終わり、ベッドに寝かされたレティをチェインバース家の三人が見守っていた。同じように眠るファイラスは別の部屋にいる。

「魔法はうまくいったようですね」

「ええ。エレン王女はうまく折り合いをつけたようね。もう心配は要らないわ。あとは魔法が終わるのを待つだけよ」

「それはいつです」

ダグラスが聞いた。

「明日の朝、目覚める時はすべてが終わっているでしょうね。さあ、いまはふたりを静かに休ませてあげましょう」

——その夜。

魔女ノーラがレティのもとを訪ねた。

まだ目覚めないレティの傍《かたわ》らに椅子《いす》を寄せて座り、額《ひたい》に手をかざす。

「夢の中のあなたに伝えるわ。そうしろと魔女の勘《かん》が告げるから。あなたはもうエレン王女として生きる心構えができている。だいじょうぶよ。あなたのお祖父様《じいさま》たちが作った誓約書《せいやくしょ》について、そこに書かれた誓《ちか》いを話します。これをあなたの騎士たちに話すかどうかはあなたの自由」

眠っているはずのレティが、かすかに頷《うなず》いた。夢の中でも魔女の声が聞こえているのだ。

魔女は低く静かな声で誓約書にまつわるすべてを語った。

＊　　＊

翌朝、レティはすっきりとした目覚めを迎えた。部屋は充分明るく、朝もだいぶ遅いことが分かった。

起きあがると、なんだか身体《からだ》がとても軽く感じられた。

「そうだったわ、わたし、昨日魔女に魔法をかけてもらって……解《と》いてもらって、って言うほうが正しいんだっけ」

そこまで考えてからレティは、はっとベッドから飛び起き、部屋の中に鏡を捜した。

いつの間にか部屋を移されていた。魔法の間《ま》ではなく、二階にある客室のどれかだ。籐《とう》でできた小さなテーブルと椅子と黒塗りの物入れがひとつあるきりの質素な部屋だったが、だれの配慮《はいりょ》か、テーブルの上には手鏡が伏せて置かれていた。

レティは手鏡を摑《つか》むと、深呼吸をしてから「えいっ」と気合いを入れてひっくり返した。

「……あ……あれ？」

拍子《ひょうし》抜《ぬ》けしてしまった。

そこにはいつもの自分が映っていた。

てっきり銀の髪をした姿が映っていると思ったのに。

「どういうこと？　魔法が失敗したのかな……？」

レティは小首を傾《かし》げた。心を探ってみると、ちゃんとエレン王女だった頃の幼い自分の記憶がある。

魔女に聞いてみようとレティは身支度《みじたく》を整えて部屋から出た。

ちょうどファイラスが廊下《ろうか》をやってくるところだった。かれの方もあまり姿は変わっていない。かつらに隠されているが、髪もまだ銀色のままだろう。

「おはよう、レティ。身体《からだ》の具合はどう。よく眠れた？」

「おはよう。ぐっすり眠れたし、なんだか身体も軽いわ。でも、ねえ、わたしもファイラスもちっとも前と姿が変わっていないわよね……魔女の魔法、どこか失敗したのかしら」

レティが言うとファイラスは声を上げて笑い出した。

「それ、魔女の前で言ったらダメだよ。気を悪くする。ジェストが僕の姿を見て同じことを言ってさ、そしたら魔女はニコニコ微笑《ほほえ》みながら『私の魔法の腕を疑うなら、自分で試してみてはいかが？』って、部屋に飾ってあったアヒルの置物を手にとったんだ。ジェストのやつ、青くなって必死に謝《あやま》ってたよ」

「まあ」

レティもその光景を想像してぷっと吹き出した。

「あのねレティ。魔法と言ってもそんなに急には変わらないんだ。魔女が言うには、短時間の目眩《めくらま》しは短時間で解《と》けるけど、何年にも渡る魔法は戻るのもゆっくりなんだって。魔法をかけた時もそうだったよ。三ヵ月くらいかかったかな」

「そんなに……」

「今回はもっと早いと魔女は言っていたけど……」

　レティを眺めてファイラスが言った。

「姿が戻るのは僕の方が早いみたいだね」

「えっ、どうして？」

「僕が早く戻りたいって願っているから。ホラ、背もすこし伸びた気がしない？　手も大きくなったし。ジェストにもすぐ追いつくね」

　手を掲《かか》げてひっくり返して見せるファイラスに、レティはクスクスと笑って言った。

「背も伸びてないし、手も威張《いば》るほど急に大きくなったりしてないわよーだ」

　ふたりはそのまま二階の居間へ向かった。中ではすでに全員が集まっており、ゆったりとお茶を飲んでいた。

「寝坊《ねぼう》したなレティ、俺たちはとっくに朝食を済ませたぞ」

「ええっ、ずるい。わたしもお腹《なか》がペコペコなのに」

「心配しなくてもレティの分はちゃんととってある。いま取ってこよう」

　アルフリートがレティを椅子《いす》に座らせて部屋の外へ出ようとした。その時。

居間の四方にかけられた黒い鏡が白く光ったかと思うと、突然喋《しゃべ》りだした。

「魔女よ。聞こえているか。中に匿《かくま》ったグランドリュンの者を出してもらおう」

魔女は立ちあがると、喋りだした鏡に手をかざした。なにか呪文《じゅもん》をつぶやいた。するとそこにぼんやりと映像が浮かんだ。

「あれはシードランドの兵士」

「将軍もいるわ！」

眼帯《がんたい》を着けた男の姿を見つけてレティは叫んだ。

鏡に映るのはシードランドの兵士とその前に立つゼレオン将軍だった。

再び将軍の声が響いた。

「聞こえているのだろう。魔女よ。おまえは三国《さんごく》にまたがる森の魔女だ。おまえの森が各国から不可侵《ふかしん》の協定を取り結んでいることは知っている。ただしそれは魔女がどの国にも与《くみ》せず、決して暗殺には手を貸さないという誓約《せいやく》があってのことだ。いまおまえがしているのはこの協定に違反することだぞ。即刻グランドリュンの王女エレンを引き渡せ。応じないならばこちらも協定を守る必要はない。——森に火をかけよう。二日も待てば森は焼け落ちる。灰の中からエレン王女を捜し出しても構いはしないぞ」

隻眼《せきがん》のゼレオン将軍はそう言って楽しそうに笑った。

第六章　森の戦闘

「……二十はいるな」

ゼレオン将軍の背後に立つ兵士を、ジェストは素速《すばや》く数えていた。

魔女の館《やかた》に来たとき黒く塗りつぶされていて違和感を感じた鏡は、いまは魔女ノーラの呪《じゅ》文《もん》で明るく輝き、森の中を映し出している。そこに隻眼《せきがん》のゼレオン将軍とかれの連れてきた兵士たちが映っているのだ。

「どうしてここが分かったの」

レティが心配そうにつぶやく。

「つけられてなかったはずなのに……」

ファイラスは親指を口元に持っていって爪を噛《か》んだ。

「落ち着け。私たちがここにいる事を、確信しているわけじゃないはずだ」

アルフリートが言うと、まるでその言葉に呼応《こおう》するかのように鏡の中のゼレオン将軍が言い放った。

「魔女よ。おまえがグランドリュンの王家と深く関わっていることは判明している。城の財務書類によると毎年ある一定額が森の魔女宛《あて》に支払われている。しかも決して安くない金額が十年間もだ。これは半ば恒久的《なかこうきゅうてき》に、グランドリュン国と密接な関係を結んでいたことを示す証拠ではないか。おまえの立場はどれか一国に偏《かたよ》ってはならないはずだ。これだけでも協定違反と訴えることもできるのだぞ、魔女よ」

ゼレオンは返事を待つようにしばし沈黙した。だが魔女が何も言わずにいると、周囲を確かめるように見回した後、背後の兵士に手を上げて合図《あいず》した。

レティは悲鳴を上げた。うしろの兵士が火のついた矢をクロスボウで構えたからだ。

「ほんとうに火をつけるつもりなんだわ！」

「まさか……!?」

ダグラスたちが見守る前で兵士は矢を発射した。

ヒュンと矢が飛んでいき、それは木の幹《みき》をかすめて地面に突き刺さった。

油の染《し》みた矢が地面に落ち、一瞬燃え上がったが、湿《しめ》った土に触れて徐々に消えていく。

それを見ながらゼレオン将軍は目を眇《すが》めて笑った。

「次は木に当てるぞ。二十数えるうちに返事をよこせ、魔女よ」

ゼレオンが「ひとつ」と数え始める。うしろの兵士たちは一斉《いっせい》にクロスボウを構え始める。

レティたちは皆、魔女を見つめた。

視線を受けて、魔女は驚くほど静かな声でレティたちに問うた。
「出発の準備は、どれほどでできますか」
「十分。おまえたちは」
ダグラスが聞くと、兄弟たちとレティは、
「できる」「だいじょうぶ」と次々に頷《うなず》いていく。
「先に鞍《くら》をかけてくる」
ジェストが部屋を飛び出していく。アルフリートもそれに続く。魔女は鏡の前に立つと、
将軍が十五を数えたところで口を開いた。
「この森で、そのような乱暴な振る舞いは許されませんよ。シードランドはあなたのような
無法者《むほうもの》を将軍とするのですか？　この森の主《あるじ》は私です」
魔女の言葉にゼレオンは大きく腕を振り、仰々《ぎょうぎょう》しくお辞儀《じぎ》をした。
「これはこれは麗《うるわ》しき森の魔女どの。お返事を頂けてよかった。私もこのような粗暴《そぼう》な真似《まね》
は好きではありません」
将軍は部下に合図《あいず》して、構えさせていた矢を下げさせた。
「ただ、許可をして頂ければよいのですよ。あなたの森に、館《やかた》に、エレン王女と残党が潜《ひそ》ん
でいないか調べる許可を。協定はあなたの命の保証と同等だ。それを進んで破るほど、愚《おろ》か
ではありませんでしょう。もし抵抗するのなら、私はこの事をシードランド本国に伝える所《しょ》

存《ぞん》です」

魔女はピクリと眉《まゆ》を動かしたが、声に苛立《いらだ》ちを表すようなことはしなかった。あくまで落ち着いて鷹揚《おうよう》に返事をする。

「よいでしょう。あなたがたが私の館を調べる許可を与えます。こちらへ来なさい」

「ご招待、ありがたくうけたまわりました」

ゼレオン将軍はもう一度胸に手をあてて顔を伏せた。

魔女が鏡に向かって手を振るとレティたちに向きなおった。鏡には変わらずゼレオン将軍たちの姿が映っているが、ぼうっと曇《くも》っている。

「ごめんなさい、レティ。魔法の解《と》け具合を見るために、せめてもう一日はここで休んで欲しかったのですけれど、そうもいかなくなりました」

魔女がすまなそうに言うと、すかさずダグラスが頷いた。

「分かっています。我々のためにあなたが立場を悪くすることはありません。契約はレティの魔法を解いてもらうことだけです。匿《かくま》ってくださったのはすべてあなたのご厚意であると分かっています」

魔女は頷くと、もう一度鏡に向かって低く呪文《じゅもん》をつぶやいた。館の外ではざわざわと木々が揺れ始める。

「なんなの？」

レティが窓に駆けよると、森の木々たちが自ら枝を揺らし、絡《から》まりあい、身を寄せあっていくところだった。

「森に迷路をつくっているところです。道がないわけではありませんが、外の彼らは遠回りをしてここへ着くことになるでしょう。ここへ来るまで、一時間は稼《かせ》いであげられます。それ以上は……」

「充分です。ありがとうノーラ。感謝いたします」

ダグラスは一礼し、出立《しゅったつ》の準備をしにレティたちとともに部屋を出て行った。

レティは部屋に入るとクローゼットにかけられた外套《がいとう》を掴《つか》んだ。もともと荷物は少なかったため、支度《したく》はあっという間にできた。そのまま出ようとしてふとテーブルの上の鏡に目が留《と》まった。迷ったのは一瞬でレティはそれを掴むと、急いで魔女のいる部屋へ戻った。

「すみません、これ、お借りしてもいいですかっ!?」

魔女はテーブルの上に屈《かが》んで何かしていたが、飛び込んできたレティに驚いてふり向いた。だが、レティが何を手にしているか分かって優しく微笑《ほほえ》んだ。

「鏡ね。もちろんいいわ。持って行ってちょうだい。自分の外見が変わっていくのだもの、気になるのは当然だわ。あなたに差し上げます」

「ありがとう。ほんとうに色々よくしてくださって……」

「いいえ。当然のことです。あなたとご家族にはほんとうに申しわけないことをしてしまいました」

　魔女は近付いてレティの肩をふわりと抱いた。

「あなたに精霊のご加護《かご》がありますように。……アンジェラは間違ったことをしています。この先、そのせいで辛《つら》いこともあるかもしれません。けれどレティーシュ――エレン王女、どうかそれに負けないで。すべてはアンジェラが引き起こしたこと。あなたにはなんの罪もないのですから」

　それは魔女の懺悔《ざんげ》にも聞こえた。レティを気遣《きづか》いつつも、親族であるレディ・アンジェラにも心をくだいているのだ。

（この人も、辛いんだわ。わたしとレディ・アンジェラの間で、板挟《いたばさ》みの気持ちなんだわ）

　それでも魔女は自分たちをいたわってくれた。レディ・アンジェラが間違っているときっぱりと言ってくれた。強く優しい人なのだと感じた。

　魔女が抱擁《ほうよう》を解《と》くと、レティはその目を見て大きく頷《うなず》いた。

「ありがとうございます。魔女ノーラ。あなたのお心遣《こころづか》い、決して忘れません」

　その言葉に魔女も小さく頷くと、レティの肩を扉の方へ押しやった。

「時間を無駄《むだ》にできません。行きなさい」

　レティが階段を駆け足で下りて館《やかた》の外へ出ると、すでに鞍《くら》を付けた馬が一頭ずつ連れられてくるところだった。

「俺たちの乗ってきた馬も一晩休んで充分元気になった。早駆《はやが》けもできる」

ジェストがポーラの頰《ほお》を撫《な》でて言う。続いてやってきたアルフリートにファイラス、ダグラスもそれぞれ馬の手綱《たづな》を引いてやってくる。レティたちの緊張が伝わったのか、馬たちも神経質に蹄《ひづめ》で土を掻《か》いていた。

「レティはだれの馬に？」

ファイラスが聞くとダグラスはジェストを指名した。その後、じっとファイラスを見る。

ファイラスが分かってると言うように頷《うなず》くと、ダグラスはその肩を叩いた。

皆が馬の背に乗りかけたとき、館《やかた》の扉が開いて魔女が出てきた。

「これをお持ちなさい」

ダグラスに差し出したのは下げられるよう鎖《くさり》のついた香炉《こうろ》だった。ほのかにたつ白い煙からはふしぎな甘い香りがしていた。

「迷路よけのお香《こう》です。これを馬の首に下げて進めば、絡《から》まった木々がほどけてあなたの行きたい道を教えてくれます」

「何から何まで、ありがとうございます、ノーラ」

ダグラスは受けとった香炉を馬の首に下げた。足や身体《からだ》に無闇《むやみ》に当たらないように長さも調整してやる。その香りが風にのって森に届くと、そこの木々の絡まりが確かに緩《ゆる》くなっていった。

全員が自分の馬に乗り、レティはジェストの前に落ち着いた。

「みんな、準備はいいか？」

確認するダグラスに全員が頷《うなず》く。

「では、出発だ。心していけ。油断をするな。いざとなったら将軍たちと戦うことになる。気を引き締めていけ」

「はい」

「魔女ノーラ、お別れです。過分《かぶん》にいただいたご親切を忘れません」

ダグラスは最後に挨拶《あいさつ》すると、馬を深い森へと向けて進ませた。レティたちはふり返り、魔女に手を振ったり頭を下げたりと思い思いに挨拶をして長兄《ちようけい》の後についていった。

魔女ノーラはその場に佇《たたず》み、緑の迷路へと消えていくレティたちをじっと見送った。

その顔はまるで祈るようにも見えた。

「大いなる精霊よ、あの者たちに幾多《いくた》の守護《しゆご》を。そしてどうか……あの子に、アンジェラに罪を償《つぐな》わせてください。アンジェラの魂《たましい》を安らぎに導いてあげて」

魔女はそこで崩《くず》れるように玄関脇《わき》の柱にもたれかかった。

「ああ、思い違いをしているのよ、アンジェラ。あなたは決して憎んではならない人を憎んでしまった。……ウィーレン王を憎んではならなかったのに……。お父様を憎んではならなかったのに」

魔女は小さく首を振り、やがてまっすぐに背筋《せすじ》を伸ばすと、森の彼方《かなた》を見た。

「王女と騎士たちが無事に逃げられるよう、まだ私にはやるべき仕事が残っているわ」

＊　＊

ゼレオン将軍は、目の前で森が震えるのを見ていた。

森全体にぼうっと緑の霞《かすみ》がかかったかと思うと、森は新たな顔を見せた。

木々の枝が複雑に絡《から》まり合い、茂みはその隙間《すきま》を埋《う》めるように身を寄せあい、刺《とげ》のある茨《いばら》を威嚇《いかく》するように表に浮きあがらせた。

「これは何なんでしょうか、将軍」

豹変《ひょうへん》した森のようすに、兵士が不安そうに聞く。ゼレオンは鼻先で笑った。

「魔女め、悪あがきを……。魔法で迷路をつくったのさ」

「迷路？」

「時間稼《かせ》ぎだ。我々を簡単に館《やかた》へたどり着かせないようにしたんだ」

ゼレオンは話しながら自分の馬の元へ歩いた。兵士もその後を追っていく。

「それは、協定違反ではないのですか？」

「ギリギリの線だな。魔女のよくある手で、覚悟を試したと言い抜けられればどうしようもない。そんなことより、エレン王女が森の外へ出てくるぞ」

「えっ。なんでです」

「なんで、魔女が時間稼《かせ》ぎをすると思う」

「あっ」

「そうだ。エレン王女を逃す以外理由はない。皆、油断するな。隊列を組み直せ」

ゼレオンは兵士たちに次々と命令を与え、自分も馬上の人となる。

「いいか、ここでなんとしてもエレン王女を捕《つか》まえろ。死なせない程度なら、多少の無茶をしてもかまわん。全員決められた持ち場へ急げ。行け！」

腕を突き出しゼレオンは自らも森の中へ馬を走らせた。

＊　＊

レティたちは魔女に別れを告げると、ここへ来るときに使った道を急いでたどっていった。魔女の言ったとおり、道はあったが、その周囲の木々は魔法で複雑に絡《から》まりあい、さながら緑の壁と化していた。

ふとうしろをふり返りレティは声を上げた。

「道が無くなっているわ」

レティたちが通った後、道の茂みはすぐに身を寄せあい、木の枝を張り出して通せんぼうをしていた。

「ダグラス、このまま進めば、シードランドの連中と鉢合《はちあ》わせじゃないのか？」

ジェストがうしろから叫ぶ。

「分かっている。もちろん道を違《たが》える」

ダグラスは手綱《たづな》を引いて馬を止めると、ふところから地図を取り出した。

「このあたりだ。アルフリート、見覚えがあるだろう？」

呼ばれたアルフリートがダグラスの馬に並ぶ。

「馬の歩数でいったらもう少し先か……」

ふたり並んでゆっくり進むと、とある場所でダグラスの馬に下げた香炉《こうろ》から立ち上る煙が、くるくると渦《うず》を巻き始めた。

「ここだ」

ダグラスが馬を止める。煙は風もないのに一定の方向へ流れた。見えない手にたぐり寄せられているかのようだ。

煙が緑の壁を撫《な》でるように漂うと、ダグラスの目の前で木々の絡まりあった枝がほどけ始めた。

「道がある！」

ジェストが驚きの声を上げる。ダグラスは頷《うなず》きながら地図をしまった。

「魔女の魔法が隠していた道だ。ここを行くぞ。遅れずついてこい」

ダグラスが迷路の中に伸びた道に飛び込むと、レティたちもそれに続いた。

しばらくして一番うしろのファイラスがレティとジェストたちに並んで声を上げた。

「ダグラス！　どこに向かっている!?　こっちはグランドリュンの方角じゃないぞ」

するとアルフリートが馬の歩みを緩《ゆる》めて、レティたちの位置まで下がった。

「慌《あわ》てていて言う暇《ひま》がなかったが、目指すのはグランドリュンじゃないんだ」

「ええっ？」

レティが驚く横で、ファイラスがはっとアルフリートを見る。

「この方向に進むって事は……やっぱり、カナルディアに行くつもりなんだね」

「そうだ」

「レスター・ロシュ王子か」

ジェストも、なるほどと頷く。

「ああ、ダグラスと相談していた。万が一の時はかれに庇護《ひご》を求めようと。グランドリュン方面の出口には、あの将軍が待ちかまえているはずだ。レティを連れたまま、そこに飛び込むことはできない」

「どうした！　遅れているぞ」

ダグラスが前の方で叫ぶ。

アルフリートは素速《すばや》くレティたちに言った。

「だが、ゼレオン将軍が噂《うわさ》どおりの切れ者なら、こちらの意図《いと》にも気付いているだろう。今はとにかく急ぐしかない。飛ばすぞ」

レティたちは頷き、兄たちの後を全力で追った。

しばらく、四騎の蹄《ひづめ》の音ばかりが森の中に響いた。いくら道があるとはいえ、森の中を全力疾走《しっそう》できるわけもなかったが、レティたちは可能な限り馬を走らせた。レティとジェストの乗るポーラは余分な加重を感じさせぬすばらしい体力でふたりを運んでくれた。

レティは始終《しじゅう》森のようすに気を配っていたが、追っ手の声はなく、気配も感じられない。この分ならば巧《うま》くカナルディアへ抜けられる。レティはほっと安心した。

その矢先、背後に座るジェストが身体《からだ》をピクリとさせた。身体が緊張していくのが感じられる。

肩越しにふり返ると、ジェストは手綱《たづな》を操《あやつ》りつつも真剣な目つきでどこかを見ていた。

「なに？」

「シッ」

ジェストはしばらくそのままでいたが、やおら馬を急がせると、先頭のダグラスに並んだ。

「ダグラス、俺たち以外の蹄の音がする。左だ」

ダグラスは一瞬耳を澄ませただけで、馬を止めもしなかった。

馬にくくりつけた香炉《こうろ》を、器用に片手で外すとレティに手渡した。

「先に行け。このまままっすぐ東に抜けろ」

「ここに残って戦うの？」

レティが泣きそうな顔をすると、ダグラスは手を伸ばしてレティの頭をくしゃっと撫《な》でた。

「約束する。必ず追いかける」

「ファイラス、一緒に行け」

「分かった」

さっきとは逆の順番に馬を走らせ、レティたちは魔女の森を駆け抜けた。

この直後——。

木々がしなり茂みがざわめき、レティたちの横手からシードランドの兵士が現れた。

兵士は一瞬驚いたものの、すぐに声を上げた。

「いました、将軍！　エレン王女の——」

かれは最後までは言えなかった。

駆けつけたダグラスが剣を引き抜くと同時に、目にも留《と》まらぬ速さで男の喉笛《のどぶえ》を切り裂いたからだ。

「走れ、ジェスト！」

驚いて止まりかけたジェストとファイラスは、ダグラスに一喝《いっかつ》されてまた馬を走らせる。

だが最初の兵士のうしろから、新手《あらて》がわらわらと飛び出してくる。

ダグラスはレティたちと兵士たちの間に入ったが、数名がダグラスの剣から逃《のが》れてレティたちを追う。

「アルフリート！」

ダグラスが弟の名を叫ぶと、アルフリートはすぐさま意志を察してレティたちの後を追いかけていく。

ダグラスは剣を構え直し、兵士らの前に立ちはだかった。

剣を二度三度と振るい、脇《わき》を駆け抜けていこうとする兵士らに斬《き》りつける。自身も馬を走らせレティたちの後を追う。

不意に横の茂みが動いた。ダグラスは咄嗟《とっさ》に身体《からだ》を斜めに反《そ》らし、突き出された剣を避《よ》けた。と思う間もなく再度喉元《のどもと》を狙う切《き》っ先《さき》を、自分の剣で受け止める。剣同士ががっきと組み合わされる。重い一撃だった。

「ほう、よく受けたな。この剣の腕にその黒髪。王女の騎士、チェインバースの長男か」

短い金髪の男が笑う。ダグラスは相手を睨《にら》んだ。

「貴様がゼレオンか！」

見間違えるはずもなかった。男は右眼に眼帯《がんたい》をしていたのだ。

「いかにも。どうやら部下たちではおまえの相手にならないようだな」

ゼレオンはまわりに倒れる兵士たちをチラリと見て言った。

「仕方ない。私がお相手しよう」

ゼレオンは一度離れると間合いを取り直し、ダグラスに斬《き》りかかった。


アルフリートはレティたちを追った兵士に追いつき、うしろから斬りつけた。

騎士道やら卑怯《ひきょう》などという体面にいまはかまっていられない。

ふたりほど斬ったところでジェストたちに追いつく。

「レティ！　怪我《けが》は!?」

「ない、無事よ！」

レティが叫び返す。

シードランドの兵士は森の東側にも回り込んでいたらしく四、五名が囲んでいた。ジェストもファイラスもすでに剣を抜いて応戦している。

アルフリートが助太刀《すけだち》に入り、ジェストの背後に迫っていた兵士をひとり、隙《すき》を狙って斬りつけてきた兵士もあわせて斬り伏せる。

倒れてくる兵士を避《よ》けようとジェストが手綱《たづな》を操《あやつ》った。馬の向きが変わり、背後の見えたレティが叫んだ。

「ダグラス兄様が危ない。将軍と戦ってる！」

アルフリートがそちらを見ると、確かにダグラスがゼレオンと剣を交《まじ》えているところだった。

しかも信じられないことに、ダグラスはゼレオンに追いつめられているようだった。

「城での怪我が響いてるんだ」

「行って、アルフリート。こっちはなんとかする」

レティの言葉にジェストは一瞬驚いた顔を見せたが、すぐに頷《うなず》いて言った。

「だいじょうぶだ、行けよ」

「すまん」

アルフリートは短く言うと再び兄ダグラスのもとへ走った。

「くそっ、王女はどこだ！」

ファイラスと斬り結んでいたシードランドの兵士ががなる。レティたちの中にエレン王女と思われる者がいないことに気付いたのだろう。最初はただひとりの少女であるレティこそそうだと思っていたようだが、近くで見るととてもエレン王女には見えない。変装しているわけでもないと分かったのだ。

咄嗟《とっさ》にファイラスが声を張り上げた。

「鈍《にぶ》いな、今頃気付いたのか。こっちは囮《おとり》だよ」

すると兵士は怒りをあらわにして斬《き》りかかってきた。

アルフリートが駆けつけたとき、ダグラスは危うく馬から落とされるところだった。何度目かの打ち合いで剣を受け止めたとき、ゼレオンがダグラスの馬を蹴《け》ったのだ。ダグラスの愛馬が嘶《いなな》いて棹立《さおだ》ちになる。

馬の背から振り落とされることも覚悟したダグラスを、やってきたアルフリートが摑《つか》んで鞍《くら》に戻した。しかし感謝の言葉より早く叱責《しっせき》が飛ぶ。

「何しに来たアルフリート。向こうはどうなってる」

「残りは二だ。すぐに片が付く。こっちに加勢《かせい》に行けと言われたんだ」

言い返しながらアルフリートは剣を構えた。

その間、なぜかゼレオンは攻撃を仕掛けてこなかった。ただやってきたアルフリートをじっと見つめていた。

「さあ、私も相手をするぞ」

そう言って剣を構えるアルフリートに、ゼレオンは何がおかしいのかクックッと笑い出した。

「これはこれは。片目の私にふたりがかりとは大した歓迎ぶりだ。よほど兄の腕が信じられないのかな——アルフリート？」

「兄上は城で受けた怪我《けが》がまだ治っていない。でなければおまえ如《ごと》き、すぐにも地面を舐《な》めさせてやったはずだ」

アルフリートはスミレ色の目できつくゼレオンを睨《にら》む。ゼレオンは今度こそ声を上げて笑った。

「未《いま》だかつて私をそんな目に遭《あ》わせた者はいない。よかろう、では行くぞ」

怒りに目を血走らせ、シードランドの兵士はファイラスに打ちかかった。それは軽々と避《よ》けたが、ファイラスはうしろに下がりすぎた。

密接に絡《から》みあった枝と茂みに、剣が呑《の》み込まれたのだ。迷路と化した森の罠《わな》にかかったのだ。

兵士はそこを狙って剣を振り下ろす。その腕がピタリと止まる。いつの間にか剣を持つ手に森の蔓《つる》が巻き付き、引き留《と》めていたのだ。

「ええい、くそっ」

兵士はファイラスを馬から引きずり下ろそうと腕を伸ばした。ファイラスは剣を諦《あきら》め、身体《からだ》の自由を取り戻す。そのまま兵士の腕を避けようと仰《の》け反《ぞ》るが、兵士の指先は——髪を摑《つか》んで——。

「エレン王女がいたぞ！」

叫んだ声に、レティは己《おの》が耳を疑った。

だが目にした光景に心臓を摑まれたようになる。

ファイラスのかつらがとれて、銀の髪があらわになっていた。そして、きらめく銀糸《ぎんし》の髪をシードランドの兵士が摑んでいたのだ。

ジェストも、彼と戦っていた兵士も、一瞬動きを止めた。

だが、ジェストはすぐさま猛攻に転じた。少しでも早くファイラスのもとへ行くためだ。

相手の兵士もそれを察したのだろう。先ほどよりもねばり強くジェストの繰《く》り出す剣を受けている。

「くそっ。邪魔《じゃま》するなっ！」

その間にも髪を摑まれたファイラスは、馬から引きずり下ろされそうになっている。

「危ないっ」

レティは頭で考えたのではなく、ただ身体が反応した。

ジェストの馬から滑《すべ》り落ちてファイラスのところへ走る。

途中で、まだ鞘《さや》に収まったままの剣を抜き、ぎゅっと柄《つか》を握ると、無我夢中で兵士に斬《き》りつけた。

「卑怯者《ひきょうもの》！　髪を放しなさい」

兵士は突然のレティの攻撃に驚いたが、剣に絡《から》まった蔓《つる》を無理矢理に引きちぎり、それで応戦した。ファイラスの髪は摑《つか》んだまま放そうとしない。

「レティ！」

ジェストが叫んでなんとか駆けつけようとする。だが敵に邪魔《じゃま》されて動きがとれない。

ファイラスは状況を一瞬で判断し、上着に隠していたナイフに手を伸ばした。兵士は片手しか使えないが、馬の上からの攻撃では圧倒的にレティが不利だ。このままではレティが傷付けられるのも時間の問題だった。

ファイラスはナイフを首のうしろに当てると、思い切り頭を前に倒した。

ザリザリと音を立て、髪が乱暴に切られていく。

兵士は慌《あわ》ててファイラスの身体《からだ》を捕《と》らえようとした。そこへやっと敵を倒したジェストが打ちかかる。ファイラスに気をとられていた兵士はあっという間にジェストに肩を斬《き》られる。

「レティ、こっちに！」

自由になったファイラスが叫び、レティの身体を自分の馬に抱《かか》え上げる。

「走れ！」

馬に号令をかけてファイラスは東の出口を目指した。

すこし遅れてジェストもそれに続く。

その横を、光る矢が走った。

「ファイラス！」

ジェストが警告の叫びを上げる。反応したのは乗り手のファイラスではなく、馬のピエッタだった。矢の来るのとは反対側にスッと身体をずらしたのだ。しかし、矢はファイラスにも馬の身体にも当たらなかったものの、鞍《くら》の側面につけた荷物に当たった。衝撃に留《と》め金《がね》が外れて、中から布の塊《かたまり》がこぼれ落ちる。エレン王女でいたとき、ファイラスが身に着けていたドレスだ。

ジェストがそれを拾おうと手を伸ばしたが、かすめただけで地面に落ちる。ふり返ったジェストは、地面に広がった場違いにきれいなドレスと、肩を負傷した兵士がクロスボウを構え直そうとしているところを見た。

第七章　二人の魔女

クロスボウを構える敵兵士を見てジェストは叫んだ。

「走れ！　次の発射までにはもう一、二分かかる。それまでに距離をとれ」

レティとファイラスの乗る馬を先に行かせ、ジェストは自分の姿でふたりを隠すようにうしろを走る。

クロスボウは普通の弓と違い、木のバネを使用して発射するため、大きさのわりに射程距離《しゃていきょり》が長く命中率もそこそこある。だが、馬に乗って逃げる相手にそう易々《やすやす》とは当てられない。

（特にあの怪我《けが》した腕じゃ狙いはぶれるはずだ。……いや、ぶれてくれ）

そう願うジェストの背後で、ぎゃっと悲鳴が上がった。ふり向くと、剣を持ったアルフリートがクロスボウを構えた兵士に斬《き》りつけたところだった。はずみで矢が発射されたが、狙いは大きく外れてジェストの背後の木に刺さる。アルフリートは再度剣を振るってクロスボウを地面に叩き落とした。が、兵士に止《とど》めは刺さずに走って来る。すぐうしろにダグラスも迫る。

「アルフリート、ダグラス！」

「止まるなジェスト！　森が追ってくる！」

「ええっ？」

ジェストはふたりの兄たちの背後を見つめ、言葉の意味を理解した。

緑の森が道に覆《おお》い被《かぶ》さるようにしてどんどん迫ってきていたのだ。まるで津波《つなみ》のようだ。

「あれも、魔女の魔法か！」

「他に何がある」

ダグラスとアルフリートがゼレオン将軍と戦っているときにこの緑の津波は始まったのだ。きっと魔女が水晶玉か何かで見て、助けてくれたのだろう。森から伸びてきた蔓《つる》がゼレオンの乗る馬の足を絡《から》め取って動けなくした間に、ダグラスとアルフリートは逃げてきたのだ。

必死に馬を駆り、ジェストたちは先頭のレティたちに追いつく。

横に並ぶ兄たちに気付いてレティがぱっと笑顔になる。

「ふたりとも無事だったのね！」

「当然だ」

レティはもっと話しかけたかったが、飛ばしている馬の上ではうまく喋《しゃべ》れないので、ただ頷《うなず》きあう。

「もうすぐ森の出口だ。白い道まで一気に走れ！」

緑の津波《つなみ》はすぐうしろまで迫っている。

「待て！」

その中を追いかけてくる声があった。

ゼレオンと数名の部下たちだ。ふしぎなことに、ゼレオンのまわりだけ津波が避《よ》けているようだった。

レティたちの前方にやっと森の出口が見えてきた。ぽっかりと開いた白い空間がどんどん大きくなっていく。

「出口よ！」

レティが叫ぶ。ファイラスは速度を落とさずに森の外へと飛び出す。その身体《からだ》が一瞬レティに覆《おお》い被《かぶ》さるようにしたのは、万が一の待ち伏せに備えてだ。しかしどこからも矢や剣は襲ってこない。

レティは疾走《しっそう》する馬の上で、森の中から出口までの数メートル、奇妙な黒い土が盛り上がっているのを見た。

何だろうと思っていると、森を出てすぐにダグラスが馬を右に寄せ、一本だけ離れて立っていた木の枝に剣を振るった。

枝と見えていたのは縄だった。ぶつりと切れた縄は空中に舞い上がり、同時に幹《みき》に仕掛けられていた弓から森の出口へ向かって矢が飛んだ。

矢が黒い土に刺さった。その瞬間、ゴウッと火柱が立った。

「なにっ。なんなの⁉」

レティが驚いてふり返ると、炎は黒い土の上を走るように広がり、森の出口に立ちはだかる壁となった。立て続けに大きな破裂音も起こる。

そのうしろには追ってきたゼレオンたちがいる。炎の壁に阻《はば》まれ、こちらへやってこられないようだった。

「下に火薬を仕掛けておいたんだ。いまのうちだ、走れ！」

ダグラスの号令に、四人の騎手たちは猛然と馬を走らせた。

シードランドの兵士たちの怒号《どごう》も、炎の熱気も火薬の弾《はじ》ける音も、あっという間にレティたちのうしろに去っていった。

一方残されたゼレオン将軍たちはというと。

「くそっ、落ち着け！」

突然目の前に立ちはだかった炎に馬たちは皆嘶《いなな》き、怯《おび》えたように棹立《さおだ》ちになる。厳しく訓練を受けたゼレオンの馬はなんとか棹立ちになることは免《まぬが》れたが、それでも激しく首を左右に振り、炎から遠ざかろうとする。

「皆止まれ、馬を鎮《しず》めろ！」

ゼレオンはしっかりと手綱《たづな》を握り、その場で馬を回らせながら声を張り上げた。

やみくもに後退しては、仲間の馬に蹴《け》られかねない混乱ぶりだ。

兵士たちはゼレオンの声を聞くと、振り落とされそうになりながらも必死に馬をなだめ、少しずつ森の奥に後退した。火の勢いも強く、そうせざるを得なかったのだ。

数メートル後ずさり、やっと馬を落ち着かせると、隊列を組み直す。

「将軍、どうしますか。……突破しますか」

熱気に手をかざしながら若い兵士が聞く。

ゼレオンはここまでついてきた数名の兵士たちを見て首を振った。馬には乗れているが負傷しているものも多い。

「いや、いい。ここで無理をすることはない。今回は向こうも充分に用意をしての逃亡だ。夜陰《やいん》に乗《じょう》じて奇襲をかけたときのように簡単にはいくまい。少々見くびりすぎていたな」

兵士のひとりが鼻をひくひくとさせ、流れてくる独特の臭《にお》いに顔をしかめた。

「……これは黒火薬《くろかやく》ですね。グランドリュンに、こんなに正確な調合の火薬を扱える技術があるとは聞いていませんでした」

「やつらの手柄《てがら》ではなく、魔女が手を貸したのかもしれないがな」

「王女たちを逃がすためにですか？　だとしたら、ますます協定違反になりませんか」

「なるだろうな。つまり、我々に残された手がかりは魔女ということになる。是非《ぜひ》とも話を聞かせてもらわねばな」

ゼレオンは兵士たちの馬が落ち着いたのを確認すると、いま来た道を引き返すように号令をかけた。

すると先ほどの兵士がゼレオンの横に馬を並べてきた。

「魔女は逃げた王女たちの行方《ゆくえ》を素直に話すでしょうか」

「話さんだろうな。なに、王女たちの逃げた先は聞くまでもない」

「というと、もう目星は？」

「あの道の先はカナルディアだ。王女が逃げ込むとしたら十中八九《じっちゅうはっく》は婚約者のもと。カナルディアの王宮だろう」

「そんなところに逃げ込まれては手出しができません。やはり追った方が……」

「焦《あせ》る必要はない。国から逃げたエレン王女にとって、カナルディアは必ずしも安全な避難場所とはいえまい。……むしろ、私には都合がいい」

「は？」

「とにかく、いまは魔女の身柄《みがら》を押さえることが先だ。今回の責任をとってもらう」

先ほどまでゼレオンたちを襲っていた緑の津波《つなみ》は、もう跡形《あとかた》もなく引いていた。レティたちが森を出たと同時に収まったのだ。

同様に密集していた木々も枝をほどき、迷路ではなくなっている。森の中にはいつもの静けさが戻っていた。

しかしゼレオンの横を進む兵士は、何か物音がするたびにビクリと警戒の目を向ける。

ゼレオンは声を上げて笑った。

「そうびくびくするな。もう魔女にはわれわれを妨害《ぼうがい》する力など残っておらん」

「なぜそう思われるのですか」

「あんな大がかりな魔法を使ったのだぞ。力を放出しきったいまの魔女は赤子同然のはずだ。捕《と》らえるのも容易《たやす》い」

「なるほど。……もしや将軍は、最初からそれが狙いで？」

兵士の質問にゼレオンは口の端を持ちあげるだけで、返答はしなかった。

ゼレオンたちがダグラスたちと斬《き》り結んだ場所へ戻ってくると、そこには白いドレスを抱《かか》えて四苦八苦《しくはっく》している兵士がいた。

かさばるドレスを畳《たた》もうとしているのだが、腕を怪我《けが》しており、自分の血でドレスが汚れないようにと苦労しているのだ。健闘も虚《むな》しくあちこちに赤い染《し》みがついている。もっとも地面に落ちてしまった時点でかなり土がついてしまっているのだが。

「そのドレスはどうした？　天から降って湧いたわけではなさそうだな」

「ゼレオン将軍！」

まだ若い兵士は直接ゼレオンに話しかけられ、馬の上ではっと姿勢を正した。

「は、はい、これはエレン王女の鞄《かばん》からこぼれ出たものでして……」

「なに？　詳《くわ》しく話してみろ」

ゼレオンはその兵士の傷を手当てさせながら、ドレスを手に入れた経緯《けいい》を聞き出した。

王女が掴《つか》まれた髪を自らを切ったことを聞くと、ゼレオンは馬を下りてその場所を調べた。

地面に落ちた銀髪を見つけると、それを拾い上げ、丁寧《ていねい》に布に包んでふところにしまう。

そうして忍び笑いを漏《も》らす。

「自分で髪を切るとは、伝え聞いていたより勇ましい王女のようだ。だが、これは使える。

銀の髪とドレス。せいぜい利用させてもらおう」

＊　＊

レティたちは魔女の森の名残《なごり》が消えてあたりが見渡す限りの草原になっても、速度を緩《ゆる》めず走り続けた。

気が付くと、レティたちは何もない草原からところどころ大きな岩山の見える場所を走っていた。

城のまわりでは見たことのない地形だ。そこからさらに小一時間、早足で走った後、ダグラスはようやく馬の足を緩《ゆる》めた。岩山に沿った坂道をゆっくりくだり、小さな谷間に下りる。

そこには泉があった。

「よし。ここで休憩《きゅうけい》だ。馬に水を飲ませてやろう。レティ、怪我《けが》はないか?」

ダグラスは馬を下りると真っ先にレティのもとへ来て腕を差し出した。レティはそれにつかまって馬から下りる。

「わたしはなんにも。でもファイラスやジェストが怪我してるはずよ」

「全部かすり傷ばっかりだよ」

ファイラスは大したことないと答えて馬を下り、荷物から小さな薬の缶を取り出し、馬の首を叩いて泉の方へやった。

「それよりダグラス、レティの手を見てあげてよ。無茶な剣の使い方をしてたから、手首をひねったり、手のひらをすりむいたりしてない?」

レティが驚いて自分の手のひらを広げて見ていると、覗《のぞ》きにきたダグラスが顔をしかめた。

「赤くなってるな」

昔、剣の稽古《けいこ》で肉刺《まめ》をつくったあたりが、赤く腫《は》れていた。いままで気付きもしなかったのに、いざ見てしまうとヒリヒリと痛くなってくる。

「最近、剣の稽古、あまりしていなかったからだわ……」

「持ち方も悪かったし、第一馬に乗ってる相手の剣を下で受けるなんて、レティには無理だ

ろう。無茶するからだ」

ジェストが言う。

「そんなことをしたのか」

ダグラスは咎《とが》めるようにレティを見る。

「だってそうしなくちゃファイラスが……」

「レティを怒らないであげてよ。緊急事態だったんだ。僕を助けるために仕方なくしたんだ。おかげで僕は命拾いした。ありがとう」

ファイラスは持ってきた塗り薬を、レティの手のひらに塗り始めた。ほのかにミントの香りがする。

「おまえの髪もかなり無茶なことになっているな」

近づいてきたアルフリートは雑に切られたファイラスの銀髪に手を添える。ナイフからこぼれたのか長いままの髪が一筋、風に揺れている。

「かつらがとれて、シードランドの兵士に摑《つか》まれちゃったからね。こうするしかなくて」

肩をすくめてファイラスが言う。アルフリートはもう少し見られるように切ってやろうと、自分の鞄《かばん》からハサミを取り出した。

にわか床屋《とこや》を始めたふたりをよそに、馬たちを泉から連れ戻ったジェストはダグラスに聞いた。

「ここからまっすぐレスター・ロシュ王子のもとへ行くつもりなのか？」

「ああ。王子のいらっしゃるハリアント城はカナルディアの西寄りにある。馬で一日半も行けば着くはずだ。まずはレティの身の安全を確保しなくてはな」

「でも、レスター・ロシュ王子は匿《かくま》ってくれるかしら。だって最初はファイラスがエレン王女だってことで通じるでしょうけど、魔女に魔法を解《と》いてもらったんだから、わたしたちの姿はどんどん変わっていくのよね」

　レティは髪を切られているファイラスを見ながら不安そうに言った。

「なによりレスター・ロシュ王子はファイラスをエレン王女と思って会ったんだもの、わたしがエレン王女だって言っても、きっと嬉《うれ》しくないだろうし、信用もしないんじゃないのかしら」

　するとダグラスは破顔《はがん》した。

「なんだ、そんなことを心配していたのか」

「そんなことって、なによー」

　ぷっと頬《ほお》を膨《ふく》らませるレティにファイラスが声をかけた。

「レスター・ロシュ王子のことならだいじょうぶだよ。ちゃんとうまくいくようにしてあるから。それよりレティ、お腹《なか》が空《す》いてるんじゃないの。僕らと違って寝坊《ねぼう》したから、朝ご飯食べそこなったでしょ」

「あっ。そうだったんだ！　でも、お腹《なか》なんて空《す》いて……」

言いかけたとたん、レティのお腹がグーッと鳴って空腹を訴えた。レティは真っ赤になってお腹を押さえ、

「空いてるみたい……」

とばつが悪そうに笑った。


レティは草むらに座り、しゃりしゃりとリンゴをかじっていた。

アルフリートが鞄《かばん》から魔法のように取り出した真っ赤なリンゴだ。それをレティがかじっている間に、他の四人はもう一度道筋を確かめたり、水筒に水を入れたり荷物を詰め直したりと忙しく働いた。

「急ぐ旅だがカナルディアのこのあたりには詳《くわ》しくない。野盗《やとう》や野宿《のじゅく》を避けるためにも街道を通ろうと思う。ただしその分、進みは速くしようと思う」

「じゃあレティは俺とファイラスの馬に交互に乗ってもらう方がいいな。馬の負担が減る」

ジェストの言葉にダグラスは頷《うなず》く。全員に地図上の道筋を見せて覚えさせ、ダグラスは出発の合図《あいず》をした。

街道沿いに道を進むといっても、途中の村や町に立ちよることはしなかった。昼過ぎになって一度だけ休憩《きゅうけい》をとったが、それも町の最初の酒場で表に馬を繋《つな》いだまま、ごく短時間

食事をとっただけだった。ダグラスなどはレティが半分も食べないうちに席を立ち、店の主《あるじ》にこの先の道について詳しく尋ね始め、慌《あわ》てたレティは残りのパンをゆっくり嚙《か》む暇《ひま》もなく呑《の》み込んだ。

ダグラスが泊まりを決めた町には夕暮れになってようやく着いた。街道を進んだせいか、道中《どうちゅう》は何事もなくすんだ。カナルディアの街道はよく整備されていて、要所要所に国から遣わされた兵士の駐屯所《ちゅうとんじょ》があったせいかもしれない。ダグラスとアルフリートは一度だけ、かれらに事情を話して護衛《ごえい》を頼むことを相談したが、追っ手の気配がないことと、身元照《しょう》会《かい》の手間を考え、その手段はすっぱりとなしにした。それよりはとにかく早くレスター・ロシュ王子と面会することを望んだのだ。

夕食で温かいスープやシチューを食べているときからウトウトとし始めたレティは、食事が終わるとすぐにベッドに押し込まれた。

まだ起きていられる、馬の世話を手伝うといった抗議は、寝ぼけた頭でできる仕事ではないし、明日も早いからという理由であっさり却下《きやっか》された。兄たちの言葉はやはり正しく、レティはベッドに入るとあっという間に眠ってしまった。

それでも、眠りに落ちる寸前、レティはあの優しい魔女のことを思った。

＊　　＊

部屋の扉が荒々しく破られたとき、魔女ノーラは椅子《いす》の上に倒れ込んでいた。

先日、レティとファイラスの魔法を解《と》いたときに使ったのと同じ部屋だ。

「ここにいらっしゃいましたか、森の魔女殿。お声をかけたのですが、ご返答がなく、無遠《ぶえん》慮《りょ》とは思いましたが入らせていただきました」

魔女は目を開けるのさえおっくうそうにゼレオン将軍を見た。

「私は………疲れています。魔法を買うなら、明日にしなさい」

「おや、これは魔女殿。われわれがここへ来たのは、ただ魔法を買うためとお思いで？　聡《そう》明《めい》と名高いあなたには相応《ふさわ》しくない受け答えだ」

ゼレオンはずかずかと部屋の中に入ると、魔女の脇《わき》に立ちその姿を見おろした。魔女の顔色は白く呼吸も荒い。先ほどゼレオンが言ったとおり、大きな魔法を使って疲労困憊《ひろうこんぱい》しているのだ。

「全く……聡明が聞いて呆《あき》れる。あんなにも公然とエレン王女に肩入れをした事実、われわれシードランドは決して見過ごせませんな。これは三国間《さんごくかん》で交わした魔女の森の協定に明らかに違反している」

「あ、あなたが、アンジェラに手を貸し、グランドリュンに攻め込んだのも、罪のはずです……」

魔女は眼だけでゼレオンを見て言う。

「罪ではありません。正統なる王位継承者《おういけいしょうしゃ》を、城へお連れしただけです」

「無駄《むだ》です。アンジェラも、その息子も、王位は継《つ》げません……」

ゼレオンは残った片方の目を細めた。

「ほう、そう断言なさるとは、やはり何か知っておられるようですな、魔女殿」

ゼレオンは魔女の腕を掴《つか》んで強引に立ちあがらせた。

「無礼な真似《まね》はおよしなさい。私にこのようなことをすれば……」

魔女はゼレオンの顔を睨《にら》みつけたが、その身体《からだ》はふらふらとして頼りない。ゼレオンが掴んでいなければすぐにも崩《くず》れそうだ。

「そんな疲れ切った身体で何ができるというのです。呪いのひとつも成功しはしない。たとえできたとしても……」

ゼレオンは空《あ》いているもう一方の手で首から提《さ》げた小さな皮の袋を服の上に出した。袋はふしぎなことにかすかな光を放っている。

魔女ははっと息を呑《の》む。

「その魔除《まよ》けの護符《ごふ》は……」

「ええ。特別につくっていただきましたよ。あなたと同じく魔女の血を持つお方に。さて、われわれと共にグランドリュンの城へ同行願えますかな。協定違反を犯した魔女には裁《さば》きが必要ですから」

「私がおとなしく従うと思っているのですか」

「実は魔女殿。森の数カ所に、まだ私の部下を待機させておりましてね。かれらにはたっぷりの油と火矢《ひや》を持たせております。われわれが森へ入る前に言った言葉、もちろん覚えておいででしょうね」

魔女はゼレオンの言葉の意味を理解すると、目を大きく見開いて唇をわななかせた。

「この森を、本気で……この森は……！」

「魔女の象徴《しょうちょう》でもある。歴代の魔女の魂《たましい》が眠る、魔女にとって聖地ともいえる森。なくればさぞかしお辛《つら》いことでしょうし、三国《さんごく》に散らばる他の魔女の威厳《いげん》も、地に堕《お》ちる。しかしいまのあなたには防ぐ手段はない。エレン王女を逃がすために、あんなにも力を使った後のあなたには。——おとなしく、ご同行を願えますか」

魔女はしばらくゼレオンを見つめていたが、やがてガクリと首を落とした。

魔女は後ろ手に縛《しば》られても抵抗する素振《そぶ》りを見せなかった。そのまま森を出るまではゼレオンの馬に乗せられ、森を出た後はあらかじめ用意されていた馬車へと移された。

グランドリュンの城までは半日ほどの旅となった。馬車には見張りの兵士が常時ふたり乗り、たまにゼレオンも中のようすをうかがったが、魔女は途中水を飲むとき以外は口を開かず、粗末《そまつ》な馬車の座席で歯を食いしばるようにして長い移動に耐えていた。

昼過ぎになってようやく城に着くと、魔女は馬車から引き出された。まだ身体《からだ》が快復しておらず、その場でよろけると、両側から兵士が腕を掴《つか》んだ。拘束《こうそく》の意味もあったが半分は支えているようなものだった。

「ノーラおばさま！」

兵士に連れられて城の中へ入ると、大きな広間の向かいから呼びかける声があった。

レディ・アンジェラだった。

濃紺《のうこん》のドレスの両脇《りょうわき》を掴み、レディ・アンジェラは魔女のもとへ駆けよってきた。遠目には地味に見えたドレスは、近づくにつれ、全体に金糸銀糸《きんしぎんし》を使い細かな刺繍《ししゅう》を施《ほどこ》した、大変手のこんだものと分かった。

レディ・アンジェラは頬《ほお》を上気《じょうき》させ嬉《うれ》しそうに近づいてきたが、いざ魔女の側《そば》に来ると眉《まゆ》をひそめた。

「まあ、おかわいそうに。こんなにおやつれになって。馬車の移動がお辛かったのね。ゼレオン将軍には丁重《ていちょう》にお迎えするようにと言ったのに……。でも、ここへ来たからにはもうだいじょうぶですわ。わたくしが面倒を見てさしあげます。もちろん、エレン王女ではなく、わたくしの味方になると約束してくださったらですけど。約束――してくださいますわよね、おばさま」

「アンジェラ……もうおよしなさい、こんなことは。あなたのお母様もお父様も、決してお喜びには……」

レディ・アンジェラは手を伸ばして魔女の口元を押さえた。

「おばさまったら何をおっしゃるの？　最初にわたくしの味方になってくださらなくて、とても悲しかったのよ」

「アンジェラ……。その服は見たことがあるわ。エレン王女のお母様のものね。なぜあなたは、そうまでして人のものを欲しがるの」

「人のもの？　人のものじゃないわ。すべてわたくしのものよ。最初から決まっているの。分かっていただけなくて、ほんとうに悲しい……」

レディ・アンジェラは残念そうに首を振ると、かすかな笑みを浮かべたまま魔女にもう一歩近づいた。その手がキラリと光った。いつの間にか小ぶりのナイフが握られていたのだ。

まわりの兵士たちがあっと声を上げるのと、魔女がナイフで刺されるのは同時だった。

異変に気付いたゼレオンが駆けよったとき、魔女はすでに床に倒れていた。身体《からだ》の下に驚くほど大きく血が広がっていく。腹部にはナイフが刺さったままだ。

「貴重な人材を殺したのですか！」

ゼレオンは珍しく声を荒げ、魔女に手当てをしようとひざまずいた。ナイフに手をかけたところでレディ・アンジェラが止めた。

「よく見なさい。こんなことでは森の魔女は死なないわ」

ゼレオンがもう一度見なおすと、血のように広がって見えたのは、魔女の黒髪だと分かった。暗がりで一瞬血のように見えたのだ。

「手当ては必要ないわ。ナイフも抜かないで。弱らせておくほうがいいの。……力を取り戻せば、わたくしたちの質問を拒《こば》むかもしれないでしょう？　さあ、用意した塔の部屋へお連れしてね」

＊　＊

レスター・ロシュ王子の住居となっているハリアント城は、カナルディア国の南西に位置していた。アントスの名を持つ城下町はグランドリュン国との交易《こうえき》の中心地で、王都に次ぐ第二の規模の都市となっていた。

魔女の森から脱出した翌日の昼過ぎ、レティたちはようやくこの街へ着くことができた。

城の門前でつかの間《ま》押し問答を続けたが、ダグラスが一通の封書を渡すとすべてが解決した。昨夜レティが眠った後にファイラスがしたためた手紙だった。城からあっという間に王子の側近《そっきん》が飛び出してきて、レティたちを門内どころか城の中へまで案内してくれたのだ。

レスター・ロシュ王子はすぐにレティたちに会いに来た。正確には、ファイラスの扮《ふん》するエレン王女に。このときファイラスは男の格好《かっこう》をしていたが、かつらをとり、まだ変化しないままの銀の髪をさらしていた。瞳も濃い緑のままで、その姿でやんわりと微笑《ほほえ》むと、まさにレティの知るエレン王女そのものだった。

「エレン王女！　あなたの無事な姿をこうして確認できて、私がどれほど安心したかお分かりにならないでしょう」

部屋の扉を開けたとき、王子の顔色は白く、まなざしも憂《うれ》いを帯びていたが、そこにエレン王女とレティを見つけると、ぱっと顔が輝いた。瞳もレティの知る穏《おだ》やかな湖のようなブルーに戻っている。

「グランドリュンでの惨事《さんじ》を聞き、すぐさまあなたの行方《ゆくえ》を捜させましたが、混乱も大きく、あなたの無事も分からぬままでした。ほんとうにご無事で良かった。私を頼ってきてくださったことを嬉《うれ》しく思います」

ひざまずいて手をとる王子に、ファイラス＝エレン王女は優雅に笑みを返した。

「突然の訪問を、歓迎していただいてありがとうございます、レスター・ロシュさま。手紙でお願いしましたこと、厚かましいとは思いますが、お引き受けくださいますか？」

「こちらへの逗留《とうりゅう》ですか？　もちろんですとも。間もなく部屋の用意も終わります。どうぞご自分の城と思ってお過ごしください。それにしても、手紙にもありましたが、あなたの

見事な御髪《おぐし》……残念でなりません」

レスター・ロシュ王子は短くなったファイラスの銀の髪を痛ましげに見つめた。するとファイラスは首を振った。

「あの場で、私が兵士の手に捕《つか》まるわけにはまいりませんでした。髪はまた伸びるものです」

その答えに、王子やそばにいた側近《そっきん》たちも感銘《かんめい》を受けたようすで目礼《もくれい》をした。

「あなたの勇気には心から感服《かんぷく》いたします」

間もなくエレン王女の部屋の用意が整ったと侍女《じじょ》が告げに来ると、旅の疲れを訴える王女のためにレスター・ロシュ王子は早々《そうそう》に部屋を辞した。王女に気を遣ってのこともあるが、かれ自身会議を抜け出してきたためだった。

ふたりが再び顔を合わせたのは翌日の早朝だった。

だがそれは、グランドリュンからあまりに予期せぬ報《しら》せがもたらされたためだった。

早馬で夜道を飛ばしてきた使者は、レティたちの前で再度報告を繰り返した。

「昨夜、グランドリュンのエレン王女死亡が発表されたのです。王女の銀の髪と血に染まったドレスが、証拠として城の前に掲《かか》げられました――」

第八章　王女の死

グランドリュン城の前の広場には、先日と同じように多くの人間が集まっていた。

シードランドの兵士たちが、今日の昼過ぎ、広場で重大な発表があると触れ回ったからだ。

そこには噂《うわさ》を聞きつけ、馬を飛ばしてきた有力貴族の従者《じゅうしゃ》たちもいた。また広場の隅《すみ》の方には何台かの四角い馬車も止められている。従者からの報《しら》せを待ちきれず、自ら赴《おもむ》いて発表を聞きに来た貴族たちだ。

その中に、チェインバース伯爵《はくしゃく》夫人の姿もあった。

四兄弟の母親であり、レティを育てた人でもある。

夫人は、街に出ていた従者の持ち帰った『重大発表』の言葉に胸騒《むなさわ》ぎを覚えて、自ら馬車を立ててやってきたのだ。

街の大方の人々は、新国王の戴冠式《たいかんしき》の日取りを発表するのだろうと予想していた。

あの隻眼《せきがん》の将軍が「誠《まこと》に残念ながら」とか「憂慮《ゆうりよ》すべきことに」など、もったいぶった言葉を吐きながら、レディ・アンジェラの息子エドウィーを、新国王としてグランドリュン国民に有無《うむ》を言わせず押しつけるつもりなのだと。

チェインバース夫人も心の半分ではそう思っていた。

「けれど、こんなに急いで触れ回っているのは、それだけではない何かがある気がします。ひょっとしたらあの子たちに関する悪い報《しら》せが……」

「大丈夫でございますよ、奥様」

馬車の向かいの座席にすわるルチアーナがそっと主《あるじ》の手を握った。

ルチアーナはチェインバース家に二十余年仕《つか》える、信頼のおけるメイド頭《がしら》だ。夫人が、自分の得体の知れぬ胸騒《むなさわ》ぎに付き合わせるため、供として彼女を選んだのはしごく当然のことだった。

「ジェスト様もレティ様も、ほんの二、三日前にここでお会いしたんですよ。お話ししたとおり、そりゃもう元気なお姿で。おふたりの顔に不幸の兆《きざ》しなんてありませんでした。ご無事に決まってますよ」

「そうですね。そうであるように祈るしかないわね……」

スミレ色の目を伏せながらチェインバース夫人は言う。

〝伊達男《だておとこ》〟とはやされる次男アルフリートにその美貌《びぼう》を伝えたチェインバース夫人は、グランドリュン宮廷でも知性ある美しい貴婦人の筆頭《ひっとう》にあげられていたが、この数日間でずいぶんやつれてしまっていた。

なにしろ夫は遠い国境付近で足止めをくらい、子供たちも皆エレン王女を守るためにともに姿を消し、国のどこにいるとも分からないのだ。

それでも、かれらが不在の間チェインバース伯爵家《はくしゃくけ》を守るのは自分の役目と決めて、夫人は家にいるときには弱音を吐くどころか、心細さなど微塵《みじん》も見せていない。

だが夫や子供たちを心配する思いは自《おの》ずと滲《にじ》み出ており、朝夕に神に祈る夫人を見て、伯爵家に仕える使用人たちは馬屋番から執事にいたるまで、全員が夫人のために身を尽くそうと決意していた。

コンコンコン。

馬車の扉が控《ひか》えめだがせわしなく叩かれた。

「奥様、城壁に警備兵以外の人間が現れました。三人いて、シードランドのゼレオン将軍もいるようです」

馬車の外にいた従者《じゅうしゃ》が報告する。遠目の利《き》く者を外に立たせて城のようすを見張らせていたのだ。

伯爵夫人はさっとカーテンを開けて城壁を見た。ルチアーナは外の声が聞こえるようにと馬車の戸を少し開ける。

従者の言うとおり城壁の通路に三人ほどの人間が立っていた。

真ん中に立派な服装をした長身の男がいる。隻眼《せきがん》の男だ。驚くほどに若いが、きっとかれが皆の噂《うわさ》するゼレオン将軍なのだろう。

男は城壁の上でゆっくりとまわりを見回していた。

人々の集まり具合を見ているようでもあるが、そんな情報は警備兵がとっくに報告しているはずだ。たんに自分の登場で起きたざわめきが収まるのを待っているように思えた。

満足できるほどの静寂《せいじゃく》が広場におりてから男は口を開いた。

『グランドリュンの方々よ。急な告知にこれだけの人々が集まってくれたことに感謝する。私はレディ・アンジェラとご子息エドウィー様を庇護《ひご》するシードランドの将軍ゼレオンだ』

男らしくはっきりとした声は、広場の隅《すみ》にいてもふしぎなほどよく聞こえた。

チェインバース夫人はゼレオンの隣りに立つ小柄《こがら》な人物に視線を向け、足元に香炉《こうろ》があるのを見つけると、なるほどと頷《うなず》いた。小柄な人物は魔法使いだ。魔法で将軍の声を増幅《ぞうふく》し、広場の隅々《すみずみ》にまで届けているのだ。だれも聞き漏《も》らすことがないようにと。

つまり、それだけ重要な発表をするということなのだ。

夫人はますます表情を硬くし、ゼレオンの言葉を一言も聞き漏らすまいと意識を集中した。

『……ここに再び立つときには、あなた方に喜ばしい報《しら》せをもたらしたかったのだが……私の希望も、あなた方の希望も、残念ながら叶《かな》えられなかったことを告げなければならない。どうか分かって欲しい。この事実は私にとってもはなはだ遺憾《いかん》であることを』

滑《なめ》らかな口調で喋《しゃべ》るゼレオン将軍の声には、巧《うま》い役者のような沈痛《ちんつう》な響きが込められていた。

　広場に集まった人々は再びざわめきだした。

　ゼレオンの言葉は、不吉《ふきつ》な報せをもたらす者の常套句《じょうとうく》でもあったからだ。

　しかし人々の不安を無視してゼレオンは続けた。

『先日、われわれは魔女の森にてエレン王女と相《あい》まみえることができた。エレン王女は息災《そくさい》でおられた。しかし！　われわれが身柄《みがら》を保証すると誠心誠意申し出たエドウィー様との会見を、エレン王女は頑《かたく》なに拒《こば》まれた。ではせめて国民のために城へお戻りいただくよう懇願《こんがん》したが、それさえ拒んだ末に――エレン王女は、自らお命を絶たれたのだ！　これがその証拠だ！』

　ゼレオンはとんでもない発言をした後、人々に息をつく間も与えずにうしろの従者《じゅうしゃ》の持つ箱から一着のドレスを取り出し、高く掲《かか》げた。

　それは、血染めのドレスだった。

　人々の口から悲鳴が上がった。

　部屋着らしい装飾《そうしょく》の抑《おさ》えられたドレスの前面に、おびただしい量の血の跡《あと》があった。これを着ていた者がその後どうなったのか、間違うことなく想像させるような、大量の血の跡がドレスに残されていた。

　それが、だれのドレスであるか。

考えたくない人々に対して、ゼレオンはもうひとつの証拠を突きつけた。

従者《じゅうしゃ》にドレスを渡し、自分は箱からさらになにか取り出して、無言でささげ持った。

午後の明るい陽射《ひざ》しの中でキラリと輝いたそれは、銀色のローブのように見えた。

そのうちに広場の前の方にいた人々が正体に気付いて指をさす。

「あれは、髪だ。銀色の髪だ！」

「なんだって!?　それじゃあれは——」

「エレン王女様の………」

ゼレオンの手に中にあるのは紛《まぎ》れもない、グランドリュン国民が愛してやまない王家の象徴《しょうちょう》たる美しい銀の髪だった。

半信半疑《はんしんはんぎ》だった人々の間に絶望のうめきが漏《も》れる。広場のあちこちで泣き崩《くず》れる者や「うそだ。でっちあげだ」と怒号《どごう》を上げる者が出始める。

それらの声にゼレオンは沈痛《ちんつう》な面持《おもも》ちでかぶりを振った。

『これが夢ならばどれほどよかったろうか。しかし王女に仕《つか》える侍女《じじょ》たちも認めたのだ。このドレスは、確かにエレン王女のものであると』

人々の淡い希望を摘《つ》み取ったうえで、ゼレオンはさらに毒の刃《やいば》を一振りした。

『だがわれわれは、あなた方にもうひとつの辛《つら》い事実を告げなければならない。グランドリュンの人々よ、あなた方はエレン王女のように、生きることになんの疑いもない無垢《むく》なる若い女性が、進んで自害を選ぶとお思いだろうか？　十五歳の王女に、そのような悲劇的結末を思いつけるはずもない。いかにも、われわれは恐ろしい場面を目撃したのだ――』

ゼレオンはいったん言葉を切り、人々が再び自分を見あげるのを待った。

王女の死の報せ《しら》にうろたえ、あるいは悲しむ人々の心を無理矢理自分へともぎ取る卑劣《ひれつ》で傲慢《ごうまん》な行為だった。

充分な間《ま》を空《あ》けてからゼレオンは話しだした。静かで落ち着いた声が魔法によって広場の隅々《すみずみ》まで響き渡る。

『われわれが魔女の森で出会ったときに、王女には護衛《ごえい》の騎士たちが付き従っていた。かれらは、われわれの再三の説得をすべて無視するよう王女に勧めた。それはグランドリュンの騎士としては理《り》に適《かな》った行為だろう。だが、それによって王女は行き場をなくした。そしてわれわれに追い詰められたとエレン王女に思い込ませ、かれらは――あろうことか、かれらは王女に剣を差し出したのだ！　グランドリュン王家の誇りのために、命を捨てよと、うら若き王女の耳にささやいたのだ！　エレン王女は、信頼する騎士の言葉に素直に頷《うなず》いてしまわれた。差し出された剣を受け取り――自らの胸に突きたてた』

広場では人々のざわめきが大きくなっていった。ゼレオンの言葉を否定するものがほとんどだったが、あまりの信じられない内容に心がついていけず、ただ「そんな……」「うそだ……」と小さくつぶやいていた。

この瞬間。

人々の気持ちが怒りへと転ずる前に、ゼレオンは力強く声を張りあげた。

『しかし！　あなた方の王女と騎士の名誉《めいよ》のために、私はもうひとつの事柄《ことがら》を付け加える。王女たちがそのときどこにいたのか思い出して欲しい。……そうだ、魔女の森だ。王女たちは森に住む魔女に会いに行き、その直後に騎士ともども自滅の道を選んだ。それまではわれわれの捜索の手を巧《たく》みに振り切っていたにもかかわらずだ。では何が王女と騎士たちを変えてしまったのか。われわれはこの件に森の魔女が何らかの形で関与《かんよ》しているものと考え、その身柄《みがら》を拘束《こうそく》した。いまは城の中にて取り調べを行っているが――』

またもやゼレオンは言葉を切った。手の中にある銀の髪に視線を落とすと、いたましげな表情で従者《じゅうしゃ》の持つ箱の中に丁寧《ていねい》にそれを収めた。

人々はそれをじっと見守った。いまや広場中の人間が固唾《かたず》を呑《の》んでゼレオンの次の言葉を待っていた。

もちろんゼレオンはそれを察していた。だからこそ時間をかけて髪を箱にしまったのだ。

民衆の方をふり向いたゼレオンはいままでよりもそっけない口調で告げた。

『いま現在発表できることはここまでだ。しかし近い将来、必ず王女自害の真相をあなた方に知らせることができると信じている。エレン王女の葬儀《そうぎ》については、その名誉のためにすべての謎《なぞ》が解明された後に執《と》り行うものとする。なおレディ・アンジェラとご子息エドウィー様は、エレン王女のために今日からひと月喪《も》に服《ふく》することを決め、同じ期間城下町でも相《ふ》応《さわ》しくない催《もよお》しを自粛《じしゅく》するよう願っておられる。――今日の発表は以上だ』
ゼレオンはさっと身を翻《ひるがえ》すと、足早に階段を下りて城壁から姿を消した。
広場にたくさんの困惑した人々を残したまま。

エレン王女の死と――。

それをもたらしたものの謎。

悲しみと怒り。動揺と不安と不信。

それらは広場中の人々に、隅《すみ》に止められた馬車の中へも、あますことなく届いていた。

カーテンを閉めた馬車の中で、チェインバース夫人はぶるぶると震えていた。

エレン王女の死を聞いたときから顔は血の気《け》を失っていたが、続くゼレオンの言葉を聞くうちに身体《からだ》も震えだしたのだ。

王女の自害。剣を差し出した騎士たち。王女と騎士の自滅。……自滅。

自滅。

「奥様、奥様、しっかりなさってください！　奥様！」

ルチアーナに肩を揺さぶられて、夫人ははっと意識を戻した。

「あんな男の言葉を信用なさってはいけません。ぼっちゃまたちが、エレン王女様に自害を勧めるなんて、そんなことするはずがありません！」

金切《かなき》り声《ごえ》で叫ぶルチアーナは夫人のみならず自分自身へも言い聞かせているようであった。

「そうね、そうよね。大丈夫よ、ルチアーナ。馬車を出して」

夫人は薄く開いた扉から外の従者《じゅうしゃ》に声をかけると、背中をしゃんと伸ばして座席に座った。外から扉が閉められ、従者が御者台《ぎょしゃだい》に登ったきしみと揺れの後、馬車はゆっくりと進みだした。

夫人は広場を出る前にカーテンを持ちあげてそっと外のようすを覗《のぞ》いてみた。

ゼレオンの発表が終わっても人々は広場から動かず、ほとんどがその場に立ちつくしていた。

中には数名、足早に広場を去る人影もいたが、彼らの顔つきもひどくこわばったものだった。きっと発表を聞きたがっているだれか、多くは主《あるじ》のもとへと駆けつけるのだろう。王女の死の報《しら》せを伝えに。

（いいえ、王女は死んでいないわ）

広場でゼレオンの言葉を聞いた中で、チェインバース夫人はただひとりエレン王女の生存を確信していた。

夫人は、エレン王女とファイラスの秘密——姿を取り替えたこと——を知る、数少ないひ

とりだ。

ふたりにかけられた魔法の性質についてもよく知っている。

王女たちが魔女のもとを訪れたなら、すでに魔法は解《と》かれたものと考えていいだろう。けれど解かれたからといって、ふたりの容姿は一朝一夕《いっちょういっせき》でもとに戻るものではない。十年前に、変わりゆくさまを間近で見ているのだから知っている。

だから、シードランドの兵士がその目ではっきりとエレン王女の死を見たというのなら——それはエレン王女ではないのだ。皮肉なことだが、かれらがエレン王女と確信しているからこそチェインバース夫人も言える。死んだのはエレン王女ではないと。

しかしそれはもう一方の死を意味する。すなわち、自分の息子ファイラスの……。

夫人は青ざめた顔で膝《ひざ》の上の手を強く握った。

その頃城の中も、王女を失った悲しみに包まれていた。

かれらは街の人々より一時間だけ早く、同じことを聞かされていたのだ。

ゼレオンの言葉を疑う者はいなかった。遺体《いたい》こそ見せられなかったものの、ゼレオンの差し出した血染めのドレスには疑いを挟《はさ》む余地などなかったのだ。

確認のために連れてこられたエレン王女付きの侍女《じじょ》たちは、そのドレスに嫌というほど見覚えがあった。エレン王女のお気に入りの一枚だった。

しかも彼女たちは早い段階から、そのドレスがなくなっていることに気付いていた。きっとそれを着ていったに違いない。王女は無事に逃げのびたのだ――と、侍女たちに希望を与える印でもあったのだ。こんな無惨《むざん》な姿で突きつけられるまでは。

「ひどい……ひどいわ、こんなことって……」

しゃくりあげながら若い侍女が言う。報《しら》せを聞いたときから涙が止まらないでいるのだ。仕事をする手も止まりがちになるが、だれもそれを咎《とが》めることはしなかった。

「レティの嘘《うそ》つき。か、必ず王女をお守りするって、言ったのに……」

「シッ。そんなこと言うものじゃないわ」

涙をこぼす同僚《どうりょう》に、少し年かさの侍女が近寄ってたしなめる。ふたりともレティが城に戻ったときに会っている侍女だ。

「だって……だって……」

「馬鹿ね、わからないの？　レティがむざむざとエレン王女を自害させるはずないでしょ。お供についた騎士の方々だって……そんなこと勧めるはずない」

「だ、だから……それは魔女が……違うの？」

「違うわよ。止めたくとも、止められなかったということよ。きっとそのときにはもう、みんなも……」

「それじゃレティは……ダグラス様やジェスト様も……死んだって……いうの!?」

年かさの侍女《じじょ》はぎゅっと口を引き結んでいた。こみあげる嗚咽《おえつ》を耐えているのだろう。

若い侍女はしゃがみ込んで顔を覆《おお》った。

「ひどい。ひどい……。私、絶対にあの将軍を許さない」


広場から戻ったチェインバース夫人は、すぐに屋敷の主《おも》だった使用人を集めると、自らゼレオン将軍の話を伝えた。

その後万一に備えて屋敷の警備を厳重にするよう指示を出し、暇《いとま》をもらいたい者は明日朝までに申し出るように言った。

取り乱すことなく気丈《きじょう》にふるまう夫人に、袖口《そでぐち》でそっと涙を拭《ふ》く者こそあれど、暇を願い出る者などひとりもいなかった。夫人がなぜこのようなことを言い出したのかは皆分かっていた。公式な発表はされていないが、王女に付き従った騎士たちが、夫人の息子たちであろうことを全員感じ取っていたのだ。

また夜になって非公式に夫人のもとを訪れる貴族たちもいた。伯爵《はくしゃく》夫妻の友人たちだ。かれらも騎士たちの身元に思い至り、夫人を慰《なぐさ》めるために来たのだ。

かれらはひとりとして信じていなかった。騎士たちがエレン王女に自害を勧めたなどとは。


――この翌日。

遠く離れたカナルディアのハリアント城で、レティたちはエレン王女死亡の報《しら》せを聞いていた。

＊　＊

「じゃあみんな、それを信じてしまったの？　エレン王女が死んだって……」

報せを持ってきた兵士の話を聞き、レティはうしろをふり返った。

視線の先には張り詰めた顔のエレン王女――ファイラスがいる。

「そんなのウソに決まっているのに。エレン王女は生きてここにいるのに」

「くっそ、あのニヤケ野郎め……」

ジェストが毒づいてから、レスター・ロシュ王子がいるのを思い出して失言《しつげん》を詫《わ》びる。

「その後の……聞かせてくださいますか？　その後の国民たちの反応がどのようだったか」

エレン王女のフリを続けるファイラスは硬い声で尋ねた。

「はい。お話し申しあげます」

ゼレオンの発表を聞いた後、グランドリュンからカナルディアまで寝る間も惜《お》しんで馬を飛ばしてきた使者は、身体《からだ》に色濃く疲労のあとを残しながらも〝その後〟について話しだした。

「人々はさまざまな反応を見せていました。頑《かたく》なに『信じない』と言う者もいましたが、大半は意気消沈《いきしょうちん》したようすで将軍の話を信じたようでした。万が一命を落としておらずとも、大怪我《おおけが》をされたに違いないと考えております。あの銀の髪にしても、将軍らがそれを手に入れられるだけ王女に近づいた証拠だと」

それを聞いてファイラスは短くなった自分の髪に手をやり、唇を噛《か》んだ。

思いを察したレティは大げさに首を振った。

「いいえ。あのときは、そうしなければ捕《つか》まってしまったはずだもの。——エレン王女の落ち度でもなんでもないわ」

励《はげ》ますレティに、ファイラスは顔をあげて小さく微笑《ほほえ》んだ。

「名乗りをあげるべきだ」

アルフリートがきっぱりと言った。

「エレン王女がここにこうして生きていることを宣言するんだ。むこうはかえって窮地《きゅうち》に立たされることになる。自分たちの発言に足を引っ張られるのだからな」

「もしそうなさるのなら、私が後見人《こうけんにん》となりましょう。どんなことがあってもお守りします」

レスター・ロシュ王子もエレン王女に力強く頷《うなず》いてみせる。

「それに国民だって喜ぶ。このままじゃなし崩《くず》しに、レディ・アンジェラの息子を王に迎えさせられるぞ。エレン王女が死んだと信じてるなら、そんな馬鹿げたことでも受け入れちまうかもしれない。そんなことをさせないためにもだ」

ジェストも息巻く。

ファイラスは小首を傾《かし》げて考えていたが、最後にダグラスを見た。

と、そこで部屋の扉がせわしなく叩かれ、人が入ってきた。昨日レティたちを城に案内した王子の側近《そっきん》だった。

「レスター・ロシュ殿下。火急《かきゅう》の伝令がきております」

「あとにしてくれ。いまは忙しい」

「いいえ。国王陛下《へいか》からの伝令です。グランドリュンの問題についてと言っています」

声に力を込めて言うと、王子の視線が揺らいだ。

「……分かった。会おう。どこの部屋にいる」

「すぐ外に待たせております」

レスター・ロシュ王子はレティたちに「失礼」と詫《わ》びて扉のむこうに姿を消した。

扉が閉められたため外の話し声は聞こえなかった。王子はなかなか戻ってこなかった。レティはこの状況でお茶の用意をしてもらうにはどうすればいいだろうかと考え始め、喉《のど》までその言葉が出かかったとき、ようやく王子が部屋に戻ってきた。

しかしその表情は厳しく、片手にはカナルディア国王からの手紙が強く握りしめられていた。

「父上は私に親書をよこしました。内容は……しかし、私には納得できない」

「どうぞ、王子、差し支えなければ、なんと書かれているかわたくしたちにお教えください」

ファイラスが言う。

「父には昨日のうちにあなた方が到着したことを知らせてあります。それについての返事です。あなた方を手厚くもてなすようにと書かれてあります。ですが……あなた方がこの城にいることをまだ公表してはならないと。時期を待つべきだと書いてあります」

王子が扉のむこうに姿を消していた時間を考えれば、手紙が長文であったことは容易に判断できる。エレン王女一行には聞かせられないことがもっと書かれていたのだろう。

それを察してアルフリートやジェストは不服そうに眉《まゆ》を寄せる。ダグラスは弟たちが何か言い出す前に、そっとかれらの腕を押さえた。

「しかしご安心くださいエレン王女。すぐに父に手紙を書きます。きっとまだシードランドの卑劣《ひれつ》な作り話を耳にしていないのです」

「お待ちください、王子。性急《せいきゅう》に行動なさることはありません」

ダグラスが前に進みでて言った。

「われわれのことで陛下《へいか》との間に溝《みぞ》を作るようなことはなさらないでください。陛下のお言いつけに従うべきです。われわれも、感情のみで早急《そうきゅう》に判断をくだすのではなく、じっくりと考えなければなりません」

「それじゃあいつらを図にのせるだけじゃないのか？」

「われわれの所在《しょざい》をいぶしだすために仕組んだ罠《わな》かもしれないぞ、ジェスト」

ダグラスが言うと、意見したジェストは「あっ」とひるむ。

「レスター・ロシュ王子」

それまで硬い表情をしていたファイラスが、笑顔を浮かべて話しかけた。

「いろいろとご配慮《はいりょ》をありがとうございます。突然のことにこちらも慌《あわ》ててしまいましたが、まずはわたくしたちだけで話し合いたいと思います。なんといってもこれはわたくしの国の問題ですから。あなたのご厚意に甘えるばかりではいけません。それでよろしいでしょうか」

「もちろんです。そうです、急ぎすぎて失敗しては元も子もない。なにかありましたら、遠《えん》慮《りょ》なく私にお話しください」

レスター・ロシュは引きぎわを間違えなかった。優雅に一礼すると、側近《そっきん》と使者を連れて部屋を去った。

カナルディアの者たちが立ち去ってすぐに、アルフリートはかれらしくもなく床を蹴《け》ってどすんと椅子《いす》に腰を下ろした。

「とんでもないことをやってくれるな、あの男」

「ほんとだよ！　エレン王女が生きていることは、取り逃がしたあいつが一番よく知っているはずなのに」

　怒りもあらわにジェストが言う。

　弟たちと違って静かにソファにすわったダグラスは皆の忘れていることを口にした。

「魔女のことも気になる。なぜ連れ帰った？　ゼレオンは何を企《たくら》んでる。単純に濡《ぬ》れ衣《ぎぬ》を着せるためだけなのか……それとも、ファイラスとレティにかけられた魔法について、なにか勘《かん》づいて調べるつもりなのか」

「それはないんじゃないかな。あのときシードランドの兵士たちは、まだ僕がエレン王女だと信じていたよ。もっと別のことだと思うんだけど……」

「俺たちの逃げた先を聞くつもりじゃないのか？」

　ジェストの言葉に、ダグラスは首を振った。

「カナルディア側に逃げたことで、レスター・ロシュ王子を頼ったことは察しているだろう。あの将軍ならばな」

「ダグラス、魔女のことよりも、いまはエレン王女死亡の発表を、どうくつがえすかが重要だろう。このまま生存を宣言しなければ、やつらますます調子にのるぞ。ジェストの言ったとおり、王座にもつきかねない」

「分かっているアルフリート。だが、いまはまだだめだ。時期尚早《じきしょうそう》だ」

「どうしてだよダグラス」

思わず椅子《いす》から立ちあがるジェストを長兄《ちょうけい》はじっとみつめた。

「だれが、名乗りをあげるんだ？」

「そりゃレティが——」

レティとファイラスを同時に見てジェストも問題点に気付く。ふたりの姿はまだもとに戻っていない。

「そういうことだ。エレン王女生存の名乗りをあげれば、公《おおやけ》の場に姿を現さざるを得なくなる。このカナルディアでも多くの注目を集めるだろう。すなわち、ふたりの容貌《ようぼう》が変化していくのにも、気付かれやすくなる」

ダグラスとしては、できればふたりが完全にもとの姿に戻るまで、人目をさけていたかった。できる限り魔女の魔法については伏せておきたかった。エレン王女という存在につけいる隙《すき》を作ることになるからだ。

それに必ず下手《へた》な勘《かん》ぐりをする人物が現れるだろう。

「余計なもめ事はさけるべきだ」

「でも魔女を連れて行ったなら、あいつら魔女の口から聞き出すんじゃないのか？　拷問《ごうもん》とかしてさ——」

「ジェスト！」

アルフリートが警告したがもう遅かった。レティは「拷問」の言葉にみるみる青ざめていった。

「ごめん、レティ」

ジェストが素直に謝《あやま》る。レティはううんとかぶりを振った。

「もとはといえば、わたしのせいだもの」

「レティがそんなふうに自分を責める必要はないんだよ。僕が髪を切ったのも、仕方ないことだったって言ってくれたでしょ」

「ファイラス……」

「あのさダグラス。僕ずっと引っかかっていることがあるんだけど。森の家で魔女は言ったよね、『誓約書《せいやくしょ》』の証人になったって。そのことは関係していないのかな」

とたんにレティが顔を跳ねあげた。

「あるわ。それよ！」

椅子からぴょこんと立ちあがって四兄弟を見る。

「ゼレオン将軍が魔女ノーラを連れて行ったのは、きっとそのためよ」

「どういうことだレティ。確かに魔女はウィーレン王と兄王エドウィーが『誓約書』を作ったと話してくれたが、内容に関してはかれらの子孫にしか話せないと言っていた。……内容を聞いたのか!?」

「ええ。聞いていたのよ、わたし。魔法を解《と》いてもらった夜、寝ているときに。最初は夢かと思っていたんだけど、だんだんはっきりしてきて、いまファイラスが誓約書《せいやくしょ》って言ったときに全部思い出したのよ。魔女の言ったことも、『誓約書』の内容も！」

「一体どんなことが書かれていたんだレティ。ああ、いや――」

子孫にしか伝えられないと魔女が言ったのを思い出し、アルフリートは言葉を濁《にご》した。

「魔女は言ってくれたわ、『誓約書』についてわたしが話したいと思ったら四人に話すといいって。だから、わたし……いままで秘密になっていたことを話すわ」

レティは皆の顔を見回しながらゴクリと唾《つば》を呑《の》んだ。

「あのね、『誓約書』は、お祖父様《じいさま》たちが残した王家にまつわる書類なの。わたしのお祖父様ウィーレン王と、レディ・アンジェラの父である兄王エドウィーの間に取り交わされた、グランドリユン国の王位継承権《おういけいしょうけん》についてなのよ」

「そんなものが、存在するのか!?」

レティはコクリと頷《うなず》いた。

「それにはなんて書いてあるんだレティ」

「王位をしりぞいたエドウィー兄王の子孫は、今後一切《いっさい》王位を継《つ》ぐことはできないと記《しる》されているの。ただし、もしも兄のあとを継いで王位についた弟のウィーレン王の血筋《ちすじ》がすべて途絶《とだ》えたら……そのときだけはエドウィー王の子孫に継承権は戻ると書かれているの。署名にはマグレイアお祖母様《ばあさま》と、森の魔女とそれから、お父様……チェインバース伯爵《はくしゃく》の名があるの。書類は二通したためられて一通はお祖父様が、もう一通はレディ・アンジェラのお父様がお持ちになっていて、それぞれ秘密の場所に隠されているの。……その二通の隠し場所を、森の魔女は知っていたのよ――」

翡翠の王女の巻（終）

あとがき

こんにちは。レティーシュ・ナイツ「翡翠《ひすい》の王女」をお手にとって下さってありがとうございます。

物語の主人公は、王女の一番の親友にしてお世話係（？）の伯爵令嬢《はくしゃくれいじょう》レティーシュ。三人の頼もしい兄たちに愛され、美しく優しい王女にもかわいがられ、なんの悩みもなく暮らしているレティです。――なーんて書くと、レティが口を尖《とが》らせて「悩みくらいありますお兄様たちにちっとも似ていないつまんない焦《こ》げ茶《ちゃ》の髪とか平凡《へいぼん》な目の色とか……」とか言いそうです。

けれど、そんな彼女の運命は王女の婚約者が隣国《りんごく》より訪れた日から激変していきます。城が襲《おそ》われ、敵から逃《のが》れるために王女や兄たちとともに国を追われてしまうレティ。何より驚くことは長い間兄たちが秘密にしていた事柄で……。と、つづきに興味を持たれましたら、ぜひ本文をお読み下さい。

魅力あふれる結賀さんのイラストとともにレティの世界を堪能《たんのう》して下さい。

さて、実はこの「レティーシュ・ナイツ」は別の会社の雑誌で連載していたものを、今回諸事情あってルルル文庫にて出版させていただくことになったものです。雑誌や携帯電話ですでに読んでいただいた方には、あれれと戸惑《とまど》わせることとなってしまいました。お詫《わ》びいたします。色々事情があったのですが、とにかく結賀さとるさんのイラストが素晴らしくって素晴らしくって、絶対に埋もれさせたくなかった作品です。そしてルルル文庫の編集さんがふとっぱらで、結賀さんのカラーイラストなどすべて口絵に収録していただくことができました。もう驚くやら感謝するやらで本当によかったです。兄騎士勢ぞろいカラーなんて、絶対絶対絶対見逃せないかっこよさですからね！

最後にこのような次第で、ルルル文庫ではこの「レティーシュ・ナイツ」と「ヴェルアンの書」のふたつのシリーズを抱えることになりました。どちらもますます盛り上げていきますのでどうぞお楽しみに。

それでは第二巻でまたお会いしましょう。

榎木洋子

公式ホームページがあります。
ＰＣは http://www.shuryu.com/　携帯は http://www.shuryu.com/imode/index.htm/

本書は、エンターブレイン『B's－LOG』二〇〇六年十一～十二月号、二〇〇七年一～六月号に連載した作品を、加筆・修正の上文庫化したものです。

♡本書のご感想をお寄せください♡

〒101－8001　東京都千代田区一ツ橋二－三－一
小学館ルルル文庫編集部　気付
榎木洋子先生
結賀さとる先生

小学館ルルル文庫

レティーシュ・ナイツ
～翡翠の王女～

2007年12月31日　初版第1刷発行

著者　榎木洋子

発行人　辻本吉昭

責任編集　鈴木敏夫

編集協力　林　沙緒

編集　大枝倫子

発行所　株式会社小学館
〒101-8001　東京都千代田区一ツ橋2-3-1
編集　03(3230)9166　販売　03(5281)3556

印刷所
製本所　凸版印刷株式会社

ISBN978-4-09-452042-2

ルルル文庫からのお知らせ

ルルル文庫版に書き下ろし短編３本を
追加収録して単行本化!!

『エンドロールまであと、』

壁井ユカコ

恋した、生きた、笑った、……泣いた。

純粋な日々に禁断の想いが募る――

旧家に生まれた双子の高校二年生、佐《さ》々《さ》右《ゆ》布《う》子《こ》と左《さ》馬《ま》之《の》助《すけ》の関係は最近ちょっとぎくしゃく気味。右布子はその原因がよくわからないまま、二人が所属する映画研究会で映画を作ったりと日々を過ごすが――"その想い"を自覚できない姉と、自覚してしまった弟の、禁断の物語は静かに熱く動きはじめる。

ルルル文庫版も好評発売中

『エンドロールまであと、』
●壁井ユカコ
●イラスト／太田早紀

第3回
小学館ライトノベル大賞
ルルル文庫部門

応募要項

賞金（部門別）

ルルル大賞
200万円&応募作品での文庫デビュー

ルルル賞
100万円&デビュー確約

優秀賞
50万円&デビュー確約

奨励賞
30万円

✻内容✻

中高生を対象としイラストが付くことを意識した、エンターテインメント小説であること。ファンタジー、ミステリー、恋愛、SFなどジャンルは不問。商業的に未発表作品であること。（同人誌や営利目的でない個人のWEB上での掲載作品は応募可。その場合は同人誌名またはサイト名を明記のこと。）

✻資格✻

プロ・アマ・年齢不問

✻原稿枚数✻

ワープロ原稿の規定書式【1枚に41字×34行、縦書きで印刷のこと】50〜120枚。手書き原稿の規定書式【400字詰め原稿用紙】の場合は、150〜360枚程度。

※ワープロ規定書式と手書き原稿用紙の文字数に誤差がありますこと、ご了承ください。

✻応募方法✻

次の3点を番号順にひとつに重ね合わせ、右上を必ずひも、クリップ等で綴じて送ってください。

1 応募部門、作品タイトル、原稿枚数、郵便番号、住所、氏名（本名、ペンネーム使用の場合はペンネームも併記）、年齢、略歴、電話番号の順に明記した紙

2 800字以内であらすじ

3 応募作品（必ずページ順に番号をふること）

✻締め切り✻

2008年9月末日（当日消印有効）

✻発表✻

2009年3月下旬、小学館ライトノベル大賞公式WEB（gagaga-lululu.jp）及び同年4月発売予定のルルル文庫にて。

✻応募先✻

〒101-8001

東京都千代田区一ツ橋2-3-1小学館コミック編集局

ライトノベル大賞【ルルル文庫部門】係

✻注意✻

○応募作品は返却致しません。

○選考に関するお問い合わせには応じられません。

○二重投稿作品はいっさい受け付けません。

○受賞作品の出版権及び映像化、コミック化、ゲーム化などの二次使用権はすべて小学館に帰属します。別途、規定の印税をお支払いいたします。

○応募された方の個人情報は、本大賞以外の目的に使用することはありません。

○応募された方には原則として、受領はがきを送付させていただきます。なお、何らかの事情で受領はがきが不要な場合は応募原稿に添付した一枚目の紙に朱書で『返信不要』とご明記いただけますようお願いいたします。

○作品を複数応募する場合は、一作品ごとに別々の封筒に入れてご応募ください。

2008年 小学館ルルル文庫イラスト大賞

小学館ルルル文庫では、イラストレーターを広く募集いたします。
ルルル文庫でイラストを描きたい！という皆様、
奮ってご応募ください！

応募資格

プロアマ、年齢不問。

ただし、将来的に小学館ルルル文庫で
イラストが描けること。

賞

優秀賞（各期ごと）10万円
大賞（年間1名）100万円
佳作（年間1名）　50万円

募集概要

1年を4回の「期」にわけて審査します。
各期の応募作品の中から、当文庫でお仕事を
お願いできる水準の方に「優秀賞」を授与。
また、年間を通して各優秀賞受賞者の中から
「大賞」1名「佳作」1名を選考いたします。

期の区分けについて

第1期… 1～3月（締め切りは3月末日消印有効）
第2期… 4～6月（締め切りは6月末日消印有効）
第3期… 7～9月（締め切りは9月末日消印有効）
第4期… 10～12月（締め切りは12月末日消印有効）

審査はルルル文庫編集部で
行います。

内容

「ファンタジック」「ドラマチック」「ロマンチック」をテーマにした乙女のハートがきゅんとときめくイラストを、以下**3つすべての課題**でお描きください。

❗カラーはA4またはB4以上
モノクロはB5以上B4未満。
❗キャラクターをメインに、必ず背景を入れたイラストであること。
❗各イラストのキャラクター、背景、構図、コスチュームは、
すべて異なったものであること。

■課題1
ルルル文庫の作品をテーマにカラーの表紙絵1枚。モノクロの挿絵2枚。

（カラー、モノクロともに同じ作品をテーマとすること）

■課題2
中世ヨーロッパをイメージしたファンタジー世界を右の指定テーマでカラー2枚、モノクロ2枚。必ず各イラストには男女両方をお描きください。

■課題3
自由なテーマでカラー、モノクロ各1枚。

課題2／指定テーマ

カラー	モノクロ
・舞踏会・	・架空生物と子供・
・王（女王）と騎士・	・恋愛・

規定

※ 各イラストの裏に、本名（ペンネーム使用の場合は併記のこと）を記入。
※ 必ず未発表（同人誌、WEBを含む）のオリジナル作品であること。
※ 他賞へ応募中の作品は不可。
※ 応募者以外の他社の権利（著作権・版権・肖像権）に抵触しないもの。
※ 応募作品は一切返却いたしません。なお、選考に関するお問い合わせにも一切応じられません。

応募方法

AとBを同封のうえ、曲がらないように必ず厚紙などを入れて送ってください。

A… 原稿枚数、郵便番号、住所、氏名（本名、ペンネーム使用の場合はペンネームも併記）、年齢、略歴（同人誌を含む今までの活動歴も）、連絡可能な電話番号、HPアドレス（あれば）の順に明記した紙。

B… 応募作品　※デジタル画像であっても、必ず紙へ出力すること。

発表

ルルル文庫WEBサイト上にて。

年間の大賞並びに佳作は、毎年2月末。

応募先

〒101-8001　東京都千代田区一ツ橋 2- 3- 1
小学館コミック編集局　小学館ルルル文庫イラスト大賞係

くわしくは
小学館ルルル文庫公式サイト
http://www.gagaga-lululu.jp/lululu/
をご覧ください。

来月新刊のお知らせ

ルルル文庫

第一回小学館ライトノベル大賞
ルルル文庫部門　大賞受賞作第三弾!

『沙漠《さばく》の国の物語 ～水面に咲く花～』
倉吹ともえ イラスト/片桐郁美

『銀のコインは愛を伝える』
西谷 史 イラスト/睦月ムンク

『オラクルの光 ～風に選ばれし娘～』
著/ヴィクトリア・ハンリー 訳/杉田七重 イラスト/星 樹《いつき》

(作家・書名など変更する場合があります。)

2月1日(金)ごろ発売予定です。お楽しみに!